www.ingramcontent.com/pod-product-compliance
Lightning Source LLC
LaVergne TN
LVHW051110051026
849532LV00004BB/1490
* 9 7 8 9 3 5 8 7 2 9 8 8 7 *

فقیر

(فرانسیسی افسانہ نگار Maurice Level کے یادگار افسانے)

ترجمہ:

امتیاز علی تاج

Faqiir *(Short Stories)*
by: Imtiaz Ali Taj
Edition: March '2025
Publisher :
Taemeer Publications LLC (Michigan, USA / Hyderabad, India)

ISBN 978-93-5872-988-7

کتاب	:	**فقیر** (افسانے)
مصنف	:	**امتیاز علی تاج**
صنف	:	فکشن
ناشر	:	تعمیر پبلی کیشنز (حیدرآباد، انڈیا)
سالِ اشاعت	:	۲۰۲۵ء
صفحات	:	۱۲۰
سرورق ڈیزائن	:	تعمیر ویب ڈیزائن

فہرست

دیباچہ

مختصر افسانوں کی مانگ دیکھتے ہوئے اردو کے اکثر ادبی رسائل جس قسم کے طبعزاد یا مترجمہ افسانے ہر ماہ شائع کرتے رہتے ہیں۔ ان کے اندراج کے جواز میں خانہ پُری کے سوا اور کوئی دلیل نہیں سوچی جا سکتی۔

ترجمہ کے لئے عام طور پر ادب کے وہ ارزاں نمونے منتخب کئے جاتے ہیں۔ جو پست معیار کے انگریزی جرائد میں شائع ہوتے رہتے ہیں۔ اور طبعزاد افسانوں کے نام سے پریشان خیالی کا ایک نہایت بھدا اور بدنما ڈھیر کھڑا کر دیا جاتا ہے۔ جس میں اختصار کے سوا مختصر افسانے کی اور کوئی بات نظر نہیں آتی۔

ایک دوست کا مشورہ تھا۔ کہ اردو میں مختصر افسانے کے فن پر ایک مفصل اور تعمیری تنقید کی کتاب لکھنے کی ضرورت ہے مگر میری رائے میں جب تک زبان بہترین افسانوں کے نمونوں سے آشنا نہ ہو جائے۔ اس قسم کی تصنیف قبل از وقت ہے۔

مختصر افسانے کے مطالعے کے دوران میں موپساں کی کہانیاں اپنی کئی خصوصیات کے باعث مجھے اس قابل معلوم ہوئیں۔ کہ انہیں اردو میں منتقل کر لیا جائے۔

بعض دوسرے مصنفین کی طرح اگرچہ موپساں کے تخیل کو بھی ہیبت و دہشت اور تقدیر کی ستم ظریفیوں کے مضامین خاص طور پر گدگداتے ہیں۔ لیکن انہیں یہ امتیاز حاصل ہے۔ کہ ان کے افسانے زندگی سے زیادہ قریبی تعلق رکھتے ہیں۔ اور ہیبت و دہشت کے اندر سے ان کے دردمند دل کی دھڑکن سنائی دیتی رہتی ہے۔ اردو ابھی تک اس قسم کی کہانیوں سے روشناس نہیں ہے۔

موپساں بے انتہا سلیس عبارت استعمال کرتے ہیں جس کی پختگی اور روانی پڑھنے میں نظم کا سا لطف دیتی ہے۔ ایک

فقرہ یا لفظ بھی ضرورت سے زیادہ یا کم نہیں ہوتا۔ مختلف چیزوں کے بیان میں تناسب کی سمجھ بے حد تیز ہے۔ چنانچہ ان کی ہر مکمل کہانی ایک نفیس اور صاف ستھرے ترشے ترشائے ہیرے کی طرح دل کش معلوم ہوتی ہے۔

پھر ان کی کہانیاں اگرچہ عام زندگی سے تعلق رکھتی ہیں۔ لیکن ان میں وہ خاص مقامی رنگ نہیں ہے۔ جس کے باعث بعض مغربی شاہکار اردو میں اول تو منتقل نہیں ہو سکتے اور اگر ہوتے ہیں۔ تو پھیکے اور بے مزہ رہ جاتے ہیں۔

ان خصوصیات کی بنا پر میں نے موسیو لیول کی کہانیوں کو اردو میں ترجمہ کرنا مناسب سمجھا ہے۔ میں نے حتی الامکان کوشش کی ہے۔ کہ ان کی کوئی خوبی ترجمہ میں برباد نہ ہونے پائے۔

سید امتیاز علی تاج
۳۰۔ اکتوبر ۱۹۲۷ء

تخفیفِ جُرم کی وجہ

اخباروں کے ذریعے فرانسواز کو معلوم ہُوا تھا کہ اس کا بیٹا گرفتار کر لیا گیا ہے۔ پہلے پہل اس کو کسی طرح یقین نہ آتا تھا۔ کیسے آتا؟ بات ہی ایسی ہیبت ناک تھی۔

اس کا بیٹا۔ ننھا سا بیٹا۔ اتنا خوش اطوار۔ ایسا شرمیلا۔ جو ابھی پچھلے ہی مہینے ایسٹر کی تعطیل اس کے ساتھ بسر کر کے گیا تھا۔ چور اور خونی؟ . . . نظر آتا تھا۔ جیسے وہ سپاہیوں کی وردی پہنے پھر اس کے روبرو کھڑا ہے۔ اور اُس کے تر و تازہ اور گول

گول چہرہ پر محبت اور مسکراہٹ برس رہی ہے۔
ایسا معلوم ہوتا تھا وہ الوداع کہہ کر پھر اُس کے
مرجھائے ہوئے رخساروں کو جوش سے چوم رہا ہے۔
بیٹے کی یہ مسرت بخش اور فرحت انگیز باتیں یاد آئیں۔
تو وہ سر ہلا کر پھر کہنے لگی:
"خدا نہ کرے! وہ کیوں ہونے لگا تھا؟ کچھ غلطی ہوئی ہے۔ یہ کوئی اور ہوگا"۔

مگر اسے کیا کرتی؟ اخبار پر جلی حروف میں یہ عنوان لکھا تھا "ایک مجرم سپاہی!" واقعہ اُن ہی بارکوں کا تھا۔ جن میں بیٹا رہتا تھا۔ اور ساتھ ہی اس کا پورا نام بھی درج تھا۔

مبہوت سی ہو کر کرسی میں دبک رہی عینک کو پیشانی پر سرکا دیا تھا۔ ہاتھ ملا کر بھینچ رکھے تھے۔ گرم گرم باورچی خانے میں سناٹا طاری تھا۔ اور اس کے کانپتے ہوئے ہونٹوں سے معلوم ہوتا تھا۔ کہ منہ ہی منہ میں کچھ بڑبڑا رہی ہے۔ پھٹی پھٹی آنکھیں کبھی

بوڑھے کُتے پر گاڑ دیتی۔ جو کھلے دروازے کے پاس بیٹھا تھا۔ کبھی بلمبو نزرے کلاک کو تکنے لگتی۔ جس کی سُست رفتار ٹک ٹک بڑی متانت سے وقت کو گھسیٹے لئے جاتی تھی۔

کوئی گھر میں داخل ہوا۔ اضطراب سے چونک کر چلّا اُٹھی:

"کون ہے؟" دیکھا تو ہمسائی تھی۔ اپنی بیتابی کو چھپانا چاہتی تھی۔ بولی:

"میری آنکھ لگ گئی تھی . . . بڑی گرمی ہے . . ."

عادتاً خلوت پسند اور خاموش تھی۔ پر آج برابر بولے چلی جاتی تھی۔ خود ہی سوال کرتی۔ خود ہی جواب دیتی + ڈرتی تھی کہیں ہمسائی نہ اس سے کچھ پُوچھ بیٹھے۔ بے ربط فقرے بول رہی تھی۔ اور دماغ میں بس ایک ہی خیال گھوم رہا تھا۔" کہیں اسے معلوم تو نہیں ہو چکا؟"

آخر جب بولتے بولتے ہار گئی۔ سمجھ میں نہ آیا۔ کہ اور کیا کہے۔ تو مجبوراً تھک کر چپکی ہو رہی۔ ہمسائی نے کچھ عجیب سا مُنہ بنا کر کہا۔

"تمہیں اپنے بیٹے کی خبر خیریّت مدّت سے نہیں ملی؟"

"نہیں۔ . . آج صبح ہی ملی تھی"۔

یہ نہ کہا۔ کیسے ملی۔ لیکن کہتے کہتے ایک طوفان کی طرح دل میں یہ ارمان پیدا ہُوا۔ کہ جو شبہے میرے دل میں موجود ہیں۔ کوئی دوسرا ان کی تردید کر کے اطمینان دلائے۔ تشفّی دے۔ کہیں سے کوئی آواز آئے۔ جو میرے غم اور غصّے سے ہم نوا ہو کر کہہ رہی ہو۔

"کوئی غلطی ہو گئی ہے۔ تمہارا بچّہ کیوں ہونے لگا تھا؟ . . . بھلا یہ کیونکر ہو سکتا ہے؟"

اخبار ہمسائی کی طرف بڑھا دیا۔ اور دل جمعی سے کہنے کی کوشش کی:

"تم نے یہ بھی دیکھا . . . عجیب پہیلی ہے
ہے نا؟"

گلا سوکھ رہا تھا۔ آنکھوں میں آنسو اُمڈے
چلے آ رہے تھے۔ ساتھ ہی بولی:
"کیسی پگلی ہوں . . . پہلے پہل دیکھا۔ تو میرے
تو پیروں تلے کی زمین نکل گئی . . . سٹھیا گئی ہوں . . ."

ہمسائی اب بھی گم سم بیٹھی رہی۔ بڑھیا نے
کہا:

"پر ہے کیسے اچنبھے کی بات۔ ہے نا؟ . . .
بڑے ہی اچنبھے کی بات ہے!"

"ہاں عجیب ہی بات معلوم ہوتی ہے۔ کہ ایک
ہی رجمنٹ میں ایک نام کے دو آدمی ہوں"۔

بڑھیا نے اطمینان کا لمبا سانس لیا۔ بولی۔
"ہاں یہی تو کہتی ہوں . . . یہیں تو پانی مرتا ہے . . .
اس نام کے دو آدمی . . . پھر میرے بچّے کا ذکر تھوڑا
ہی ہے . . ."

ہمسائی بولی "اللہ جانے کیا قصہ ہے۔ مجھے تو کچھ معلوم نہیں . . . اسی لئے مَیں تم سے پوچھ رہی تھی . . . ہماری تو یہی دعا ہے کہ . . . وجہ یہ کہ تمہارا بیٹا ہُوا تو پھر . . . اب لوگ ہی کہتے ہیں۔ کُوپر کے ہاں بھی اُسی نے چوری کی تھی . . . وُہ ان دنوں سوفرنیک کی چوری ہوئی تھی نا۔ جب وُہ ایسٹر پر گھر آیا ہُوا تھا"۔

ماں تن کر کھڑی ہو گئی۔ مٹھیاں بند تھیں۔ غصے کے مارے چہرہ ایسا پھیکا پڑ گیا تھا۔ گویا موت کی تصویر بن گئی ہے۔

"کسے یہ کہنے کا حوصلہ ہوا! . . . اس نے ہرگز چوری نہیں کی . . . ہرگز نہیں۔ ہرگز نہیں! . . . شرم نہیں آتی تمہیں؟ . . . ہم نے تمہارا کیا بگاڑا ہے کہ دنیا بھر کے الزام ہمارے سر تھوپ رہی ہو؟ . . . میرا ننھا دُکھی لال! اچھی بات۔ ایک روز تم سب کو معلوم ہو جائے گا . . ."

نہ گھر کا دروازہ بند کیا۔ نہ بوٹ پہنے۔ بڑی تیزی سے قریب قریب بھاگتی ہوئی ریلوے اسٹیشن کو چل دی۔

شہر پہنچی تو سات کا گھڑیال بج رہا تھا۔ ریل میں اس کے دلی خدشے کم ہونے کی بجائے اور بڑھ گئے۔ اب دل یہ نہ کہہ رہا تھا۔ "ناممکن ہے کہتی تھی" ہے۔ ہے۔ اور اگر سچ ہوا تو؟ . . .

معلوم ہوتا تھا۔ سفر کبھی تمام نہ ہو گا۔ گاؤں اور کھیت نظروں کے سامنے دیوانہ وار بھاگے چلے جا رہے تھے۔ تار کے کھمبے یوں ابھرتے ہوئے نظر آتے۔ اور ڈوب جاتے۔ جیسے وہ ہنڈولے پر سوار ہو۔ جب ٹرین تھم گئی۔ تو وہ کانپنے لگی۔ اب معلوم ہو رہا تھا۔ کہ حقیقت معلوم ہو جانے کا وقت بہت جلد آ گیا۔ منہ ہی منہ میں اوراد و وظائف دہرا رہی تھی۔ دعائیں خود بخود زبان پر چلی آ رہی تھیں۔ اور ان کے ساتھ ساتھ وہ التجائیں بھی کرتی

جا رہی تھی:

"پاک مریم۔ تیرے ہوتے یہ ستم کیونکر ممکن ہے؟ نہیں ممکن ہے نا؟ . . . میری دکھ بھری دعاؤں کوشش۔ جو میں تیرے حضور میں لائی ہوں . . . ؟"

آہنی دروازے میں سے گذرنے کے بعد سامنے چوکور بارک نظر آئی۔ اس کے سامنے دُور دُور تک میدان پڑا تھا۔ شام ہو چکی تھی۔ ہر طرف سکون اور خاموشی تھی۔ سپاہی سیڑھیوں پر بیٹھے مزے میں باتیں کر رہے تھے۔ بیٹے نے ماں کو مختلف عہدے داروں کی پہچان بتادی تھی۔ وہ ایک سارجنٹ کے پاس آ کر تھم گئی۔ بڑی عاجزی سے بولی:

"میاں سارجنٹ کھو گے تو۔ نہ جان نہ پہچان۔ پر مجھے ایک بات دریافت کرنی ہے۔ معلوم کرنا چاہتی ہوں . . . ؟"

گومگو کے عالم میں رُک گئی۔ اپنے شبہوں کے

اظہار کی جرأت نہ تھی:

"وہ یہ بات ہے۔ بات کیا ہوتی۔ اپنے بیٹے کا حال پوچھنا ہے . . . پُول مشّون۔ تیسری رجمنٹ میں ہے نا؟ . . . مَیں یہ معلوم کرنا چاہتی ہوں۔ کہ . . . بس یہ کہ مَیں اُس سے مل سکتی ہوں؟ . . ."

بڑھیا نے مسکرانے کی کوشش کی:

"میں اس کی ماں ہوں . . . اس کی ماں . . . نہیں؟ پر کیوں؟ . . . کہاں ہے؟ . . . بیمار ہے کیا؟ . . . تو پھر کیوں نہیں؟ . . . ہاں مجھے معلوم ہے . . . نہیں مجھے تو خبر نہیں . . . گرفتار ہو گیا؟ . . . پولیس اسٹیشن پر ہے؟ . . . قید میں ہے؟ قید میں؟ . . . تم نے کیا کہا؟ . . ."

بڑھیا نے دونوں ہاتھوں سے منہ چھپا لیا

"پاک مریم پھر یہ سب کچھ سچ ہے! ہائے پاک مریم . . ."

لڑکھڑا لڑکھڑا کر قدم دھرتی ہوئی واپس چلی۔

نوجی جیل سے معلوم ہؤا۔ کہ بیٹے کو قید تنہائی میں رکھا ہوا ہے۔ اس تنہائی کے لفظ نے اس کے خدشوں کو بے حد بڑھا دیا۔ اس کے تصوّر میں آیا جیسے وہ اکیلا ہے۔ اور ہر ایک سے ہمیشہ کے لئے جُدا کر کے بند کر دیا گیا ہے۔ جکڑ دیا گیا ہے۔ وہاں لوگوں نے مشورہ دیا۔ کہ کسی وکیل سے جا کر مل۔ اُسی طرح لڑکھڑاتے قدموں سے ایک وکیل کے ہاں گئی۔ اور اُس سے ملی وکیل سے تمام معاملہ ٹھیک ٹھیک معلوم ہو گیا۔ اب کچھ شُبہ باقی نہ رہا تھا۔ لڑکے نے لُوٹنے کی نیّت سے کسی کو جان سے مار ڈالا تھا۔ مال مسروقہ تقریباً چھ سو فرنیک اُس کی توشک سے بر آمد ہو گئے تھے۔ لڑکے نے اقبال جُرم کر لیا تھا بہتیرے آنسو بہائے۔ بیٹے سے مل لینے کے لئے منّتیں خوشامدیں کیں۔ مگر بے سود۔ مجبوراً گاؤں کو واپس چلی گئی۔ سب کو معلوم ہو چکا تھا۔ دل دھڑکتا تھا۔ کہ نہ جانے کوئی کیا کہہ دے۔ لوگوں سے نظر بچ

چار کرنے کے خیال سے دہشت ہوتی تھی ۔ آدھی رات تک گھر میں داخل نہ ہوئی۔ اس مسکین جانور کی طرح جو مار سے ڈرتا ہے اور چھپ رہتا ہے۔ اب باہر آنے جانے کی بھی جرأت نہ پڑتی تھی۔ گھر کی کھڑکیوں کے پردے کھینچ دیئے تھے۔ اخبار والا اخبار دروازے کے نیچے سے اندر ڈال جاتا۔ کانپتی کانپتی اسے اٹھا لیا کرتی۔ اخباروں سے اُسے نہ صرف اِس جرم کی تفصیل معلوم ہوئی۔ بلکہ یہ اطلاع بھی ملی۔ کہ بیٹا ایک اَور جرم کا ملزم بھی ٹھہرایا گیا ہے۔ شہادتوں سے یہ بات پایۂ ثبوت کو پہنچی معلوم ہوتی تھی۔ کہ اُس نے کوپر کے ہاں بھی چوری کی تھی۔ لیکن یہ . . . ہرگز نہیں۔ وہ قسم کھا سکتی تھی۔ یہ غلط تھا۔ . . . لیکن آخرکار اسے اس میں بھی کچھ تامل ہونے لگا۔

مہینہ ہونے کو آیا۔ تو پھر وکیل کے پاس گئی۔ اب اُس نے بیٹے سے ملنے کی درخواست نہ کی۔

خدا نہ کرے۔ کچھ اس لئے نہیں کہ بیٹے سے محبت ختم ہو چکی تھی۔ ۔ ۔ اُسے شرم سی آتی تھی۔ ۔ ۔

"موسیو۔ وہ اس سے کیا سلوک کریں گے؟ آپ اُنہیں میرے بیٹے کو مجھ سے چھین کر تو نہ لے جانے دیں گے؟ ۔ ۔ ۔"

"بدنصیب عورت۔ مجھے تو ڈر ہے۔ وُہ اُسے لے جائیں گے۔ ۔ ۔ کاش تخفیف جرم کی کوئی وجہ نکل آتی۔ تو پھر سب کچھ ہو جاتا!"

"یہ کیا بات ہے؟ کوئی وجہ۔ ۔ ۔ اِس کا کیا مطلب ہُوا؟"

"اس کا مطلب ہے۔ کوئی ایسی بات۔ جو جج کی نظروں میں جرم کو گھٹا دے۔ مثال کے طور پر یوں سمجھو۔ کہ ایک شخص چوری کرتا ہے۔ اگر یہ ثابت ہو جائے کہ اُس نے چوری اس لئے کی۔ کہ وہ بڑی غربت کی حالت میں تھا۔ اور اُس کے بال بچوں پر فاقے گذر رہے تھے۔ تو یہ بات تخفیف جرم کی وجہ بن جاتی ہے

اس معاملے میں ایسی کوئی بات نظر نہیں آتی۔ پھر یہ لڑکے کا پہلا جُرم بھی نہیں۔ وہ دوسری چوری۔ وہ پڑا نہ مانے۔ مگر اب جو بات ہے . . . تاہم جو کچھ ہو سکتا ہے۔ مَیں کروں گا۔"

فرانسواز اَور بھی زیادہ ملول اور دل شکستہ ہو کر گئی۔ تخفیف جرم کی وجہ! ان لفظوں نے اس کے دل کو کرب میں مبتلا کر رکھا تھا۔ کس طرح سے کہاں سے کوئی ایسا بہانہ ملے۔ جس سے ججوں کے دل پر اتنا اثر ہو سکے۔ کہ وہ رحم اور عفو پر مائل ہو جائیں؟ . . . کوئی نہیں۔ اسے جرم کے سوا اَور کچھ نظر نہ آتا تھا۔ کوئی چیز اس بھیانک واقعہ پر اثر نہ ڈال سکتی تھی۔

مقدمہ کا دن آیا۔ پھر گھر سے چل کھڑی ہوئی۔ ریل میں دعائیں مانگ رہی تھی۔ بزرگان دین کی دہائی دے دے کر ان سے امداد طلب کر رہی تھی۔ اور خالی دماغ میں وہی لفظ برابر گونج رہے تھے جنہیں بارہ بار دہرا چکی تھی۔ تخفیف جرم کی وجہ . . . تخفیف

جرم کی وجہ! . . .

دو گواہوں کے ساتھ ایک بند اور اندھیرے کمرے میں تصویر انتظار بنی کھڑی تھی۔ گواہوں نے اُسے موجود دیکھ کر آہستہ آہستہ گفتگو کرنی شروع کر دی۔ جب اس کی باری آئی۔ تو وہ ڈگمگاتے قدموں سے عدالت کے اندر داخل ہوئی۔ صاف اور تیز روشنی میں اس کی پلکیں بار بار بند ہوتی اور کھلتی تھیں پل بھر میں نظر بیٹے پر پڑی۔ اس نے ایک رومال پر جس میں بڑے بڑے نیلے خانے بڑے تھے سر رکھا ہُوا تھا۔ اور چھوٹی چھوٹی مگر زور زور کی سسکیاں لے رہا تھا . . . بڑھیا تن کر کھڑی ہو گئی۔ اور جج سے نظریں ملائیں۔

اس نے خود شہادت دینے کی التجا کی تھی۔ لیکن اب حیرت کے عالم میں گم سُم کھڑی سوچ رہی تھی۔ کہ تو نے کیوں شہادت دینے پر اصرار کیا تھا؟ تجھے تو اس معاملے کے متعلق کچھ بھی معلوم نہیں۔

تجھے تو کچھ بھی نہیں کہنا۔ تو یہاں آئی کیوں؟ کوئی بھی تو وجہ نہیں۔ ہے تو بس یہ کہ تو اس کی ماں ہے۔ تو ہی نہیں جو اسے پیٹ میں لئے پھرتی تھی؟ تو نے ہی تو اس کے لئے دکھ درد سہے۔ اسے پالا پوسا۔۔۔ پروان چڑھایا۔۔۔ یہ تیرا۔ سب کا سب تیرا نہیں ہے؟ نہیں اب نہیں۔ آج یہ تیرا نہیں رہا۔

وہ تمام سوالوں کا جواب اشاروں کے ذریعے اور منہ ہی منہ میں کچھ بول کر دیتی رہی۔ عدالت میں غضب کا سناٹا طاری تھا۔ غریب دیہاتن سیاہ لباس پہنے غم کے مارے جھکی ہوئی کھڑی تھی۔ جو کوئی اس کو دیکھتا۔ اس کا دل دُکھ کے رہ جاتا۔

جج نے پوچھا۔ "یہ تمہارا اکلوتا بیٹا ہے؟"

"جی حضور"۔

"جب یہ تمہارے ساتھ رہتا تھا۔ تو تمہیں کبھی اس سے کوئی شکایت پیدا ہوئی تھی؟"

"کبھی نہیں حضور"۔

"اس کے ملنے جُلنے والوں میں کوئی بدمعاش لوگ بھی تھے؟"

"کوئی نہیں۔اس کے باپ کو سب لوگ بہت چاہتے اور اُس کی عزت کرتے تھے۔ وہ یہ کب گوارا کر سکتا تھا؟ . . . سب کے دل میں ہماری عزت تھی . . ."

"ہمیں معلوم ہے . . . ہمیں معلوم ہے"۔

پھر جج نے ملزم کی طرف رُخ کر کے کہا:

تمہیں بھی یہ معلوم تھا۔اور اسی لئے تم نے اپنے والدین کی شہرت کی آڑ لے کر اُن دنوں کو چوری کے لئے مناسب سمجھا۔جب تم اپنی ماں کے پاس مقیم تھے . . . ایسے ایماندار لوگوں کے بیٹے پر کون شبہ کر سکتا ہے؟ . . . کوئی دوسرا ہو تو یہ کہہ سکتا ہے۔اپنے جرم کا پورا ذمہ دار مَیں نہیں ہوں۔مَیں ایسے لوگوں کے ساتھ رہتا تھا۔جو میرے سامنے بُری نظیر پیش کرتے تھے۔لیکن تم۔تم اس قسم کا کوئی عذر نہیں کر

سکتے"۔

یہ سن کر بڑھیا بیتاب ہوگئی۔ اس کی چھوٹی چھوٹی آنکھوں میں جو رو رو کر سوج گئی تھیں۔ ایک عجیب قسم کی روشنی چمک اٹھی۔ سر جھکا ہوا تھا۔ بغیر کسی قسم کا اشارہ کئے اچھی خاصی پر زور آواز میں بولنے لگی:

"موسیو مجھے معاف کرنا۔ اب مجھے معلوم ہوا کہ سچ بولنے کے سوا میرے لئے کوئی چارہ نہیں۔ یہ دکھی بچہ گنہگار ہے۔ اس نے بہت بڑا جرم کیا۔ ... لیکن یہ جرم اس اکیلے نے نہیں کیا۔ ... ابھی ابھی میں نے کہا تھا۔ میری زندگی میں کوئی ایسی بات نہیں جس پر مجھے لعن طعن کی جا سکے۔ ... میں نے جھوٹ بولا تھا۔ وہ کوپر کے تین سو فرینک میں نے چرائے تھے۔ میں نے ... جب میرا پول ایٹر میں گھر آیا۔ تو میں نے اسے بتا دیا کہ میں نے چوری کی ہے ... یہ غریب اتنا سن کر سہم گیا ... بچہ

یہی تو ہے . . . دیکھا کہیں ماں اپنی عزّت اور شہرت نہ گنوا بیٹھے . . . بس وہ روپیہ لَوٹانے کو اَور مجھے گرفتاری سے بچانے کو اس نے دوسری جگہ چوری کی . . . پکڑا گیا . . . ہوش حواس قائم نہ رہے . . . بغیر سمجھے بوجھے اپنے پیروں پر آپ کُلھاڑی مار بیٹھا۔"

بڑھیا کا سانس پھولا ہُوا تھا۔ ذرا دیر چُپ رہی۔ پھر مدھم آواز میں بولی:۔

"مَیں نے جھوٹ بولا تھا . . . میں بدمعاش عورت ہوں۔ مَیں نے اپنے بچّے کے سامنے بُری نظیر پیش کی . . . وُہ تو مَیں ہوں۔ جسے آپ کو گرفتار کرنا چاہئے . . . حضور یہ بات اس کے تخفیف جُرم کی وجہ ہو سکتی ہے؟ . . . مجھ کو بخش دیجئے . . ."

وہ اَور بھی جُھک گئی۔ کندھے نیچے کو ڈھلک گئے۔ سر اَور جُھک گیا۔ معلوم ہوتا تھا۔ وہ سکڑ کر نابود

ہوئی جا رہی ہے۔

. . . لڑکے کی سزا عمر قید پر ٹل گئی۔ بڑھیا تمام گاؤں میں ہدف ملامت بن کر تھوڑے ہی عرصے میں مر گئی۔ گاؤں والوں نے روا ردی میں نماز جنازہ ادا کر کے اُسے قبرستان کے سب سے دور کے حصے میں دفنا دیا۔ ایسے کونے میں اس کی قبر بنائی کہ سورج سر پر ہو۔ جب بھی گرجا یا صلیب کا سایہ اس تک نہیں پہنچنے پاتا۔

میں نے یہ کہانی اس کی قبر پر سُنی تھی۔ سیدھی سادی قبر تھی۔ اس پر کسی قسم کی آرائش نہ تھی۔ صرف سیاہ لکڑی کی ایک بوسیدہ صلیب نصب تھی۔ اور زنگ خوردہ دانوں کی ایک ٹوٹی پھوٹی اور مُڑی تُڑی تسبیح اوپر پڑی تھی۔ جس کے ساتھ ایک کاغذ پر یہ الفاظ لکھے تھے۔ جو میں نے پڑھ لئے۔

فرانسوا زمشون کو۔ اس جج کی طرف سے جس کے سامنے اُس کے بیٹے کا مقدمہ پیش ہُوا تھا"۔

باپ

جب مٹی کا آخری پھاوڑا قبر میں پڑ چکا۔ اور میت برداروں سے آخری مصافحہ ہو لیا تو باپ بیٹے گھر چلے۔ آہستہ آہستہ اس طرح گویا ایک ایک قدم اُٹھانا دُوبھر ہے۔ دونوں کے دونوں گُم سم تھے۔ کیسے نہ ہوتے؟ عرصہ تک بساط سے بڑھ کر کوئی کوشش کی جائے۔ تو اُس کے بعد اسی قسم کا اضمحلال یک لخت آلیا کرتا ہے۔

گھر ابھی تک پھولوں کی خوشبو سے بسا ہُوا تھا محشرستان بن چکنے کے بعد۔ آخری چند روز عیادت

کرنے والوں کا تانتا لگ جانے کے بعد اب پھر خاموشی برس رہی تھی۔ کچھ انوکھی طرح خالی خالی اور نیا نیا معلوم ہو رہا تھا۔ بوڑھی خادمہ ان سے پہلے گھر آ گئی تھی۔ اور سب چیزیں قرینے سے رکھ چکی تھی۔ باپ بیٹے پہنچے تو ایسا معلوم ہؤا۔ جیسے طویل سفر کے بعد واپس آئے ہوں۔ مگر وہ گھر لوٹ کر آنے کی خوشی کہاں؟ وہ اطمینان بھرا سانس کہاں؟ جس سے مراد ہوتی ہے۔ واہ وا! پھر اپنے ٹھکانے پر پہنچ کر کیا مزا آتا ہے! . . . لیکن بظاہر سب کچھ جُوں کا توں تھا۔ آتش دان کے سامنے سر دُم میں دبائے بلی گیند سی بنی پڑی تھی۔ ہلکے ہلکے خُرخُر کر رہی تھی۔ سردیوں کا موسم تھا۔ سہانی دھوپ کھڑکیوں کے شیشوں پر چمک رہی تھی۔

باپ آتش دان کے قریب بیٹھ گیا۔ آہستہ آہستہ سر ہلا کر آہ بھری۔ بولا:

"تمہاری ماں دُکھیا . . ."

دو آنسو بہ نکلے۔گول گول محبت بھرا چہرہ جو شدت غم۔راستے کی ٹھنڈ اور کمرے کی حرارت کی وجہ سے تمتمایا ہوا معلوم ہوتا تھا بھیگ گیا۔

بلی خرخر کر رہی تھی۔گھڑی ٹک ٹک کئے جاتی تھی۔آتش دان میں لکڑیاں چٹخ رہی تھیں۔ذرا دیر میں ان آوازوں سے اکتا گیا۔کوئی مختلف آواز سننے کو جی چاہنے لگا۔یا شاید دل میں اس قسم کی تسلی کا احساس موجود ہو۔کہ دوسرے تو ہمیشہ کے لئے جا چکے۔پر ہم آخر زندہ ہیں۔بولنا شروع کر دیا:۔

"تم دولوں خاندان کے لوگوں سے ملے تھے؟ سب کے سب وہاں آئے تھے۔اُن کے بوڑھے دادا کی تکلیف کرنے سے مجھ پر بڑا اثر ہوا...تمہاری ماں ان سب کی دیوانی تھی۔...کیا بات۔تمہارا دوست بریمار نہ پہنچا؟...کیا پتہ آیا ہی ہو۔اتنی بھیڑ میں ہر ایک کہاں نظر آسکتا ہے؟..."

پھر آہ بھری۔بولا:۔"بدنصیب بچے"..دُکھنی

اُلفت سے خیالات بیٹے کی طرف منعطف ہو گئے۔ بیٹا اچھا خاصا بڑا۔ پچیس سال کا نوجوان تھا۔ چُپ چاپ پاس بیٹھا تھا۔ آنکھوں میں غم جھلک رہا تھا۔ نظریں آگ پر گڑی ہوئی تھیں۔

بوڑھی خادمہ آہستہ سے اندر آئی۔ ایسے آہستہ کہ اُس نے دروازہ بھی کھولا۔ تو انہیں معلوم نہ ہونے پایا۔

"اٹھو میاں۔ اب یوں یہاں بیٹھے رہنا ٹھیک نہیں۔ تھوڑا بہت کچھ پیٹ میں ڈال لو"۔

دونوں نے سر اُٹھایا۔

سچ تھا۔ کچھ پیٹ میں بھی ڈالنا تھا۔ زندگی اُسی طرح چلنی ہے۔ کچھ بھوک بھی لگ رہی تھی۔ وہ گئے گذرے دنوں کی پُر لطف بھوک نہیں۔ جب پُر تکلف دسترخوان پر بیٹھنے سے دل باغ باغ ہو جاتا تھا۔ ان جانوروں کی سی بھوک جن کے پیٹ میں آگ لگ رہی ہو۔ اب تک سوگواری کے

احساس نے انہیں روکے رکھا تھا۔خادمہ بولی ۔ تو دونوں چپ چاپ ایک دوسرے کا منہ تکنے لگے۔ چاہتے تھے کہ کچھ کھالیں ۔ پر دل ہچکچاتا تھا۔ آمنے سامنے کیونکر بیٹھیں گے؟ گھر کے ایک آدمی کے کم ہوجانے سے پہلی مرتبہ دستر خوان کیسا اوپرا اوپرا معلوم ہوگا!

باپ کی آنکھوں میں پھر آنسو بھر آئے۔آہستہ سے بولا:

"ہاں سچ کہتی ہو . . . کھانا اتارو . . . چلو بھئی کچھ کھالو . . ."

لڑکے نے حامی بھرنے کو آہستہ سے سر ہلا دیا۔اور اُٹھ کھڑا ہوا۔

"کوٹ بدلنا ہے۔ابھی آتا ہوں"۔

باہر نکل کر دروازہ بند کردیا۔قدم خود بخود ماں کے کمرے کی طرف لے چلے ۔دروازے کے دستے پر ہاتھ رکھا ہی تھا۔کہ بوڑھی خادمہ آن پہنچی ۔آہستہ

سے بولی:

"موسیو بین - ایک چیز آپ کو دینی ہے . . .
خط ہے آٹھ دن ہوئے آپ کی اماں جان نے دیا تھا۔ اُس وقت اُن کو یقین ہو گیا تھا۔ اب اچھی نہ ہوں گی . . . انہوں نے کہا تھا۔ جب سب کچھ ہو چکے . . . تو آپ کو دے دوں . . . یہ رہا"

لڑکا ٹھٹک کر رہ گیا۔ اور حیرانی سے خادمہ کا منہ تکنے لگا۔ وہ اس کی طرف کچھ انوکھی طرح گومگو کے عالم میں دیکھ رہی تھی۔ ہاتھ میں لفافہ تھا کانپتی انگلیو سے تھام رکھا تھا۔ یک سخت لڑکے کو یقین ہو گیا کوئی بہت بڑا راز مجھ پر ظاہر ہونے کو ہے۔ یا کسی غم کا پہاڑ میرے سر پر ٹوٹنے والا ہے۔

گلا گھٹا جا رہا تھا۔ بولا:-

"لاؤ . . ." لے کر کمرے میں چلا گیا۔

معلوم نہ تھا کیا کر رہا ہے۔ پر دروازے کے تالے میں چابی گھما دی۔

کمرے سے یہ ظاہر ہونا شروع ہو گیا تھا کہ اُجڑ چکا اور ویران پڑا ہے۔ پلنگ پر بستر نہ تھا۔ پردے کھنچے ہوئے تھے۔ آتش دان ٹھنڈا پڑا تھا۔ اسباب اس طرح رکھا تھا۔ گویا محض قرینہ مدِ نظر ہے۔

کچھ دیر تک کھڑا رہا۔ اور بے خبری کے عالم میں لفافے کو اُلٹتا پلٹتا رہا۔ مرحوم ماں کی زندہ تحریر دیکھ کر بھو چکا سا رہ گیا۔ کسی قدر مُڑے تُڑے لفافے پر اُسی محبوب خط میں الفاظ لکھے تھے۔ جس سے آنکھیں بخوبی آشنا تھیں۔ اتنا فرق تھا۔ ضعف کی وجہ سے حروف اُکھڑے اُکھڑے معلوم ہوتے تھے۔

اس کمرے اور ساتھ کے کمرے کے درمیان شیشے کی ایک دیوار تھی۔ جس پر پردا پڑا ہوا تھا۔ دوسری طرف خادمہ کھانا لانے کے انتظام میں مصروف تھی۔ اس کے آنے جانے کی آواز صاف سنائی دے رہی تھی۔

لڑکے نے لفافہ کھول کر خط پڑھنا شروع کیا۔

"میرے پیارے بیٹے۔

"مجھے ایسا معلوم ہو رہا ہے۔ میرا ہمیشہ کے لئے بچھڑ جانے کا وقت آپہنچا۔ جا رہی ہوں۔ مجھے نہ کوئی فکر ہے نہ غم۔ جانتی ہوں۔ اب تم جوان ہو۔ اور خاصی مدت میرے بغیر اپنی گذر کر چکے ہو۔ میرا دل گواہی دیتا ہے۔ کہ جو کچھ کسی ماں کے بس میں ہوتا ہے۔ میں نے تمہارے لئے اٹھا نہیں رکھا۔ لیکن ہم دونوں کے متعلق ایک بہت بڑا راز ہے۔ کبھی جرأت نہیں پڑی کہ تم سے کہوں۔ لیکن تمہیں اس کی اطلاع دے دینا بہت ضروری ہے۔

"جس عورت سے تم اس قدر محبت کرتے رہے ہو۔ محبت تو محبت جس کی تمہارے دل میں اس قدر عزت ہے۔ جس کے پاس بچپن کی ایک ایک تکلیف بیان کرنے کو دوڑے آیا کرتے تھے۔ جس کے پاس جوانی کی الجھنیں لے لے کر آتے تھے۔ اُس عورت سے۔ میرے لال۔ تمہاری ماں سے ایک بہت بڑا

گناہ سرزد ہو چکا ہے . . . جس شخص کو اب تک تم اپنا باپ کہتے رہے ہو۔ تم اس شخص کے بیٹے نہیں "

"مجھے اپنی زندگی میں ایک مرتبہ بلا کی محبت ہوئی تھی۔ اور مجھ سے سب سے بڑا قصور یہ ہوا۔ کہ میں نے اُس محبت کو چھپائے رکھا + تمہارا باپ۔ تمہارا اصل باپ زندہ ہے۔ تمہیں پروان چڑھتا ہوا دیکھتا رہا ہے۔ تمہیں چاہتا ہے۔ اب تم خیر سے اتنی عمر کے ہو چکے۔ کہ زندگی کی بڑی بڑی باتوں کا فیصلہ خود کرو۔ چاہو تو اپنی زندگی کو بالکل بدل ڈالو۔ مجھے حوصلہ نہیں پڑا۔ تم میں حوصلہ ہو تو کل ہی امیر کبیر بن سکتے ہو + جانتی ہوں۔ میں جو کچھ اب کر رہی ہوں۔ اسے تم بُزدلی کہو گے . . . لیکن زندگی بھر اسی بُزدلی سے کام لے کر مرتے وقت میں پھر اَور کیا کروں؟ سینکڑوں مرتبہ میں نے ٹھان لی تھی۔ گھر سے نکل پڑوں گی۔ تمہیں ساتھ لیتی جاؤں گی۔ لیکن مجھے اتنی ہمّت نہ پڑی۔

ایک ذرا سی بات مجھے ہمت دلا دیتی۔ مجھ پر ذرا سا شبہ ہوتا... ایک سخت لفظ سنتی... لیکن کبھی کوئی ایسی بات نہ ہونے پائی... کبھی کوئی بدمزگی پیدا نہ ہوئی..."

پڑھتے پڑھتے رُک گیا۔ اس انکشاف نے بے خود سا بنا دیا تھا۔

اس کی ماں اپنے شوہر کو برابر فریب دیتی چلی آئی تھی... اتنے برسوں تک دھوکے کی زندگی بسر کر گئی۔ اپنے گناہ کا پتہ دیئے بغیر۔ کسی قسم کے پچھتاوے کے بغیر وہ باتیں بھی کر لیا کرتی تھی مسکرا بھی لیتی تھی! اور وہ خود عورتوں کی کمزوری کو نفرت کی نظر سے دیکھتا آیا تھا۔ اس کی تمام خوشی۔ تمام ناز۔ احترام کے تمام جذبات ایک "ماں"... کے لفظ میں اکٹھے ہو چکے تھے۔ وہ اس گھر میں ناخواندہ مہمان بن کر پروان چڑھتا تھا۔ اور جو شریف شخص ہمیشہ اس سے مہربانی اور الفت سے پیش آتا تھا اس کے

لئے گویا ایک زندہ توہین تھا . . .

بچپن کا زمانہ آنکھوں کے سامنے پھر گیا۔

اُسے دکھائی دیا۔ میں پھر وہ ہی ننّھا سا بچّہ ہوں۔ باپ کا ہاتھ تھامے سڑک پر چلا جا رہا ہوں . . . کچھ بڑا ہؤا . . . ایک سخت بیماری کا شکار ہو کر مہینوں زندگی اور موت کے درمیان ڈانواڈول ہوتا رہا تھا پھر باپ دکھائی دیا۔ پٹّی سے لگا بیٹھا ہے مسکرانے کی کوشش کر رہا ہے۔ پر آنکھ میں آنسو بھرے ہیں . . . وقت گذرتا چلا گیا . . . کاروبار کی مشکلات آپڑی تھیں۔ اس کی یاد اور بھی زیادہ موثر تھی . . . اسے سونے کے لئے بستر پر لٹا دیتے۔ مگر یہ رات کو چپکا پڑا باتیں سنتا رہتا ماں گم سم ہوتی۔ باپ کہتا۔ 'میں ہر ممکن طریقے سے حالت سدھارنے کی کوشش کروں گا . . . تمباکو پینا چھوڑ دوں گا . . . میرے کپڑے تو ابھی اچھے خاصے ہیں . . . کچھ بھی ہو۔ بچے کے لئے کسی چیز میں کمی نہیں ہونی چاہئے . . .

بُرے دن بھی بیت جائیں گے . . . میں نے ہر طرح کفایت شعاری سے کام لیا۔ تو اسے کچھ پتہ ہی کیوں لگنے پائے گا . . . ان معصوموں کے لئے دکھ اُٹھانے کو ابھی ساری زندگی پڑی ہے . . . بچپن میں ان کا دل مَیلا کرنا ظلم ہے . . . "

ایسے شخص کو اس کی ماں نے فریب دیا تھا۔

دونوں ہاتھوں میں سر تھام کر بیٹھ رہا۔ خط کا ایک فقرہ یاد آیا:۔ اب تم خیر سے اتنی عمر کے ہو چکے۔ کہ زندگی کی بڑی بڑی باتوں کا فیصلہ خود کرو۔

سچ تھا۔ تمہیں تو کسی طرح پس و پیش کرنے کا حق بھی حاصل نہیں۔ دولت کا تو خیال بھی دماغ میں نہ گذرا تھا۔ یہ تو صرف اس بات کا سوال تھا۔ جو جرأت ماں کو نصیب نہیں ہوئی۔ بیٹے کو بھی حاصل ہے یا نہیں۔ اس بات کا کچھ ذکر کئے بغیر۔ گھر سے نکل جاؤ . . . کہیں دور چلے جاؤ۔ اور پھر کبھی لوٹ کر نہ آؤ۔ اس طرح وہ کلنک جس کا اب علم ہو چکا ہے

تمہارے ساتھ ساتھ مِٹ جائے گا۔ اب دسترخوان پر کونسا منہ لے کر بیٹھ سکو گے؟ جب باپ بڑے پیار سے۔ "میرے بیٹے"۔ کہے گا بڑی محبت سے "دکھیا ماں" کا ذکر کرے گا۔ تو شرم کے مارے عرق عرق نہ ہو جاؤ گے؟

جو کچھ کرنا تھا۔ وہ تو ٹھان لیا تھا۔ پر سسکیاں نہ رکتی تھیں۔

"ہائے ماں! ماں! یہ تم کیا کر بیٹھیں!۔۔۔"

اب اس گھر کی محبوب زندگی کو۔ اس گھر کو جس میں روز شام کو لوٹ کر آنا ہوتا ہے۔ جو گئے گذرے دنوں کی مقدس یاد سے پاک ہے خیرباد کہہ دو۔ یوں فریب نہیں دیا جاتا۔ نہ دینا چاہیئے! دینے کا حق نہیں۔

اپنے غمگین خیالوں میں کھویا ہُوا ساکت و جامد بیٹھا تھا۔ کہ کھانے کے کمرے سے آواز آئی۔

"ہا۔ بیچارہ بچہ۔ ۔ ۔ غریب کو کتنا صدمہ پہنچا ہے۔ ۔ ۔ ۔ اپنی ماں کے کمرے میں بیٹھا ہے۔ ۔ ۔ یہی

چاہتا ہے۔ تو پھر بیٹھا رہنے دو۔۔۔ ہمارے تو دن ہی پھر گئے۔۔۔ ایسا معلوم ہوتا ہے۔ میں بڈھا ہو گیا ہوں۔ بہت بڈھا ہوں۔ خدا کا شکر ہے۔ میرا بچہ ابھی تک میرے پاس ہے۔ سعادت مند بچہ ہے مجھے چھوڑ کر کہیں نہ جائے گا"۔

سر اٹھایا۔ ہونٹوں میں دانت گاڑ رکھے تھے دوسری طرف باپ باتیں کرتا رہا۔ سنتے سنتے اس کا خیال کہیں کا کہیں نکل گیا۔ جو کچھ اس نے ٹھان رکھا تھا۔ کچھ سہل نظر نہ آتا تھا۔ ٹھیک ٹھیک معلوم نہ تھا فرض کا کیا تقاضا ہے۔

"مجھے چھوڑ کر کہیں نہ جائے گا۔۔۔"

تمہیں حق حاصل ہے۔ کہ اس بدنصیب شخص کو تنہا چھوڑ کر چلے جاؤ۔ اور یہ اس اجڑے گھر میں۔ بے یار و مددگار روز بروز اَور ضعیف ہوتا رہے؟ ۔۔۔ اس کی مسلسل مہربانیوں۔ محنتوں قربانیوں کا بدلہ اتارنے کے لیے بس اتنا ہی کر سکتے ہو۔ کہ یہاں سے

نکل جاؤ"۔

لیکن تم اس شخص کی اولاد نہیں . . . اس کے گھر میں رہنا مکروہ معلوم ہوتا ہے . . . کس طرح برداشت کیا جا سکتا ہے؟ . . . پر جو کچھ بھی ہو ابھی فیصلہ کر لو۔ دیر کی تو وقت ہاتھ سے نکل جائے گا"

ماں کا خط ابھی تک ہاتھ میں تھا۔ پھر پڑھنے لگا۔ "ایک ذرا سی بات مجھے ہمت دلا دیتی۔ مجھ پر ذرا سا شبہ ہو جاتا . . . ایک سخت لفظ سنتی . . . لیکن کبھی کوئی ایسی بات نہ ہونے پائی۔ کبھی کوئی بدمزگی پیدا نہ ہوئی . . ."

شیشے کی دیوار کے دوسری طرف سے باپ کی آواز آ رہی تھی:۔

"ہاں۔ ستائیس سال اس کے ساتھ زندگی کاٹی اور اس تمام عرصے میں کبھی کوئی بدمزگی پیدا نہ ہوئی . . ."

وہی الفاظ تھے . . . وہی فقرہ . . .

پھر خط کی طرف متوجہ ہو گیا:

"اب میں تمہیں تمہارے اصلی باپ کا نام بتاتی ہوں
اُس کا نام . . ."

لرزتی ہوئی انگلیوں میں خط کانپ رہا تھا۔ ورق
اُلٹ لیا۔ تو نام ہمیشہ کے لئے تمہاری آنکھوں میں۔
تمہاری روح پر نقش ہو جائے گا . . . اور پھر . .
پھر . . . تم کبھی . . .

ہلکی سی آواز پیار سے بُلا رہی تھی:

"آؤ بیٹے کھانا چُنا جا چکا . . ."

اِس نے اپنا سر پیچھے کو ڈال دیا۔ اور ذرا دیر کو
آنکھیں بند کر لیں۔ پھر ایک دیا سلائی لی۔ ہاتھ اُٹھایا
اور خط کو آگ لگا دی۔ اسے آہستہ آہستہ جلتا ہُوا دیکھتا
رہا۔ جب لپٹ ناخنوں تک پہنچی۔ تو اُنگلیاں کھول
دیں۔ جو کورسیاہ خاک فرش پر گر پڑی۔ ذرا سا کونہ سفید
باقی تھا۔ خود جل کر تمام ہو گیا . . . کچھ باقی نہ رہا . . .

کھانے کے کمرہ کا دروازہ کھولا۔ پل بھر اس
شخص کو دیکھتا رہا۔ جو اُس کے انتظار میں کھڑا تھا۔ اس

کے حلیم چہرے پر محبت برس رہی تھی۔ آنکھوں کے پپوٹے سُوجے ہوئے تھے۔ ہاتھ کانپ رہے تھے۔ بچّوں کی طرح اپنے ہاتھ اس کے جھکے ہوئے بازوؤں کے گرد ڈال دئے۔ اس طرح لپٹ گیا۔ جیسے کوئی شخص آس ٹوٹ جانے کے بعد اپنے پیاروں سے ملتا۔ اور انہیں سینے سے لگالیتا ہے+ آواز بھرآئی ہوئی تھی معلوم ہوتا تھا سسکیاں لے لے کر کہہ رہا ہے:۔

"ابا! میرے پیارے بوڑھے ابا!"

یوں ہی

واقعی، بین گوتے اپنے چہرے سے مجرم معلوم نہ ہوتا تھا۔

پستہ قد تھا۔ صحت کے اعتبار سے سدا کا روگی نظر آتا تھا۔ دیکھے سے عمر کا کچھ پتہ نہ چلتا تھا۔ بُشرے سے ظاہر تھا۔ کہ مصائب کا قبل از وقت شکار ہو گیا ہے۔ عینک لگا رکھی تھی۔ جسے بار بار اضطراب سے ناک پر مناسب جگہ بٹھانا چاہتا۔ عینک کے شیشوں میں سے آنکھیں بے چینی سے حرکت کرتی نظر آ رہی تھیں۔ لیکن ان میں مسکینی اور حلم کی جھلک تھی۔

اپنے انداز سے مجرم کی بجائے ایسا بچّہ معلوم ہوتا تھا جیسے یہ ڈر ہو کہ کوئی جھڑک نہ دے۔

جرم کے وقوع ہونے کے چند گھنٹے بعد ہی گرفتار کر لیا گیا تھا پر اُس نے اپنی صفائی کی کوئی کوشش نہ کی۔ پولس بین کا کندھے پر ہاتھ رکھنا تھا کہ اقبال جُرم کر لیا۔ بس اس وقت سے قریباً چُپ سادھ رکھی تھی۔

آخرکار جج نے پوچھا" تم اپنے جرم کی وجہ کیوں نہیں بیان کرتے؟ یہ تم کہہ چکے ہو۔ کہ جس شخص کو قتل کیا ہے۔ اُسے جانتے نہیں۔ یہ بھی ظاہر ہے۔ کہ تم نے گھر میں سے کوئی چیز نہیں چُرائی۔ پھر آخر خون کرنے کی وجہ؟"

"کوئی خاص وجہ نہ تھی۔ ۔ ۔"

"کوئی نہ کوئی وجہ تو ہوگی ہی نا۔ ۔ ۔ کون کسی کے گھر جا کر بلا وجہ اُس کے سینے میں چھری بھونک سکتا ہے؟ ۔ ۔ ۔ آخر تم نے یہ حرکت کی کیوں؟"

"یوں ہی . . ."

"اس نے کسی طرح تم کو دکھ پہنچایا تھا؟ . . ."

یہ سُن کر مجرم نے کسی قدر پیچ و تاب کھایا ۔ آنکھیں جُھکا لیں۔ یوں ہی بے معنی سا اشارہ کیا۔ اور منہ ہی منہ میں بولا:۔

"نہیں تو . . ."

لیکن پھر یک لخت اپنا لہجہ بدل کر کہنے لگا:۔

"ہاں دُکھ پہنچایا تھا . . . مَیں نے یوں ہی خون نہیں کیا . . . مَیں اب تک چُپ رہا ہوں۔ تو اس کا سبب محض یہ تھا۔ کہ مَیں نے شروع میں کوئی بیان نہ دیا تھا۔ اور پھر بعد میں کوئی بیان دینا میرے لئے بڑا مشکل تھا . . . بعض باتوں کا اعتراف کرنا بھی سہل نہیں ہوتا . . .

"مَیں ایسی اولاد ہوں۔ جو کسی کو اپنا باپ کہنے کا حق نہیں رکھتی؟ مجھے پروان چڑھانے کے لئے میری ماں کو چوٹی کا پسینہ ایڑی تک بہانا پڑتا تھا۔

میرا بچپن خوشی سے یکسر محروم رہا۔ ۔ ۔ گھر میں ہر وقت آنسو بہتے دیکھتا۔ مدرسے میں سب مجھے حرامی کہہ کر پکارتے۔ پہلے پہل مجھے خبر نہ تھی۔ اس لفظ کا مطلب کیا ہے۔ لیکن جلد ہی معلوم ہو گیا۔ کہ اس کے معنی بڑے افسوسناک ہیں۔ کیونکہ جب میں نے اپنی ماں سے اس کے متعلق گفتگو کی تو اس نے اپنا چہرہ ہاتھوں سے چھپا لیا۔ اور پھوٹ پھوٹ کر رونے لگی۔ قدرتی بات تھی۔ کہ میں نے اس کے سامنے پھر اس لفظ کو استعمال کرنے سے احتراز کیا۔ ادھر اس نے بسترِ مرگ پر پڑنے تک نہ کبھی کسی قسم کے شکوے کے لئے زبان کھولی۔ نہ مجھے اپنی داستان سنائی۔ ۔ ۔

اس وقت میری عمر چودہ سال کی ہوگی۔

"چودہ برس کی عمر میں میں دنیا میں بے یار و مددگار رہ گیا۔ نہ کوئی عزیز تھا۔ نہ کوئی دوست۔ ابھی زندگی بسر بھی نہ کرنی شروع کی تھی۔ کہ اس سے تھک چکا تھا۔

"شروع شروع تو کسی بہت بڑی مصیبت کا سامنا نہ ہوا۔ ایک ایسی جگہ پہنچ گیا۔ جہاں مجھے کھانے کو روٹی اور سونے کو بستر مل جاتا تھا۔۔۔ کبھی کبھار پہننے کو پھٹے پرانے کپڑے بھی دے دیتے تھے۔۔۔ اسی طرح برس گذرتے چلے گئے۔۔۔ بیس سال کا ہوا۔ تو اپنی گذر اوقات کے لئے اپنے ہاتھ پیر ہلانے کی ضرورت پڑی۔ اس وقت مجھے معلوم ہوا غریبی کے کیا معنی ہیں۔۔۔ دو سال تک مجھے صرف پچیس فرنیک ہفتہ وار پر بسر کرنی پڑی۔ مزدوری پیشہ تھا نہیں۔ تھوک فروشی کی ایک دُکان میں کلرکی کا کام کرتا تھا۔ اس لئے لباس بھی مناسب رکھنا نہایت ضروری تھا۔ لباس کی خاطر مجھے اپنا پیٹ کاٹنا پڑتا۔ دن بھر میں صرف ایک وقت روٹی میسر آتی۔ اور وہ بھی نپی تلی۔۔۔ کئی بار سڑک پر چلتے چلتے میرا سر گھومنے لگتا۔ اور ایسا ضعف طاری ہو جاتا۔ کہ گرنے سے بچنے کے لئے کسی دیوار کا سہارا لینا پڑتا۔۔۔

وجہ صرف بھُوک ہوتی . . .

"ایک روز صبح کو دفتر میں پہنچا۔ تو دکان کے مالک نے مجھ سے کہا:۔

"تم جس طرح اپنے مفوضہ فرائض انجام دے رہے ہو۔ اس سے میں کچھ خوش نہیں ہوں۔ کچھ عرصے سے دیکھ رہا ہوں۔ کہ تم بہت غلطیاں کرتے ہو۔ معلوم ہوتا ہے دل لگا کر کام نہیں کرتے . . . پھر تمہیں اپنی ظاہری وضع کا بھی کچھ خیال نہیں۔ یہ بات مجھے ناپسند ہے . . . میں چاہتا ہوں میرے کلرک خوش پوش اور معزز آدمی نظر آئیں"۔ میرے کوٹ کے پھٹے ہوئے کناروں کو چھو کر کہا۔" دفتر میں آنے کا یہ طریق مناسب نہیں ہے"۔

"میں نے عذر کرنا چاہا۔ پر اُس نے ایک نہ سُنی۔

"بیہودہ! انسان چاہے تو کبھی یُوں پھٹے حالوں نہیں رہ سکتا"۔

"وہ بول رہا تھا۔ اور دوسرے کلرک آ جا رہے تھے۔ اس خیال سے کہ وہ بھی یہ گفتگو سن سکتے ہیں مجھے ایسا معلوم ہوتا تھا۔ کہ میرا تمام خون میرے دماغ میں موجیں مار رہا ہے۔ اس روز مجھے کھانے کو کچھ نہ ملا تھا۔

"پیٹ خالی ہوتا ہے۔ تو دماغ اپنا کام شروع کرتا ہے۔ میں ڈسک پر بیٹھا کام کر رہا تھا اور آنسو تھے کہ اُمنڈ اُمنڈ کر میری آنکھوں میں بھرے آ رہے تھے۔ میں بھوک اور شرم کے مارے روتا رہا۔ وہاں بیٹھے بیٹھے مایوسی میں پہلی مرتبہ مجھے یہ خیال آیا۔ کہ جب میرا باپ ابھی تک زندہ سلامت موجود ہے۔ تو میں دنیا میں تنہا نہیں ہوں۔ آخر میں اس شخص کی اولاد ہوں۔ اس خیال سے میری کچھ تسلی ہوئی۔ اور ڈھارس بندھی۔ ارادہ کر لیا۔ کہ جا کر اُسے تلاش کرتا ہوں اپنی حالت بیان کروں گا۔ وہ متمول شخص ہے۔ جب اسے میرے

دیکھوں گا حال معلوم ہو گا۔ تو وہ غالباً ضرور میری امداد کرے گا۔ مَیں کیا اس کا بیٹا نہیں ہوں؟

"اگلے روز مَیں نے اس کے مکان پر پہنچ کر دستک کی گھنٹی بجائی۔ میرے دل میں آپ سے آپ اس سے ایک لطیف سا لگاؤ پیدا ہو گیا تھا" وہ پستہ قد۔ خمیدہ کمر۔ بوڑھا شخص تھا۔ چہرہ پیلا پڑا ہوا چال میں لڑکھڑاہٹ . . . ہر بات سے ظاہر۔ کہ مرض میں گرفتار اور مضمحل ہے۔ مجھ سے پوچھنے لگا:۔

"تم کون ہو۔ کس کام کو آئے ہو"؟

"اس کی آواز کے لہجے سے جیسے میرا خون جم گیا۔ میں نے ہچکچاتے ہچکچاتے اپنے آنے کی وجہ بیان کرنی شروع کی۔ لیکن ابھی بہ مشکل گفتگو چھیڑی ہی ہو گی۔ کہ اس نے لرز کر قطع کلام کر دیا:۔

"اتنی اونچے نہیں . . . آہستہ آہستہ بات کرو . . . کہیں کوئی سُن نہ لے:۔

"جتنی جلدی ہو سکا۔ اُس نے مجھ سے مخلصی حاصل کرنے کی کوشش کی۔ گول مول باتیں کرتا ہوا مجھے دھکیلتا دھکیلتا دروازے تک لے آیا۔

"اپنا پتہ چھوڑتے جاؤ۔ ۔ ۔ سوچوں گا۔ کہ تمہارے لئے کیا کروں۔ ۔ ۔ ہاں سوچوں گا۔ ۔ ۔ بیمار ہوں۔ ۔ ۔ تمہیں لکھ بھیجوں گا۔ ۔ ۔"

"میں اپنے منتشر خیالات کو جمع کرنے کی کوشش کرتا ہوا گھر چل دیا۔

"ہفتہ بھر انتظار کیا۔ کوئی اطلاع نہ ملی حوصلہ نہ پڑتا تھا۔ کہ پھر اس کے پاس جاؤں۔ ڈرتا تھا کہ کہیں پھر سراسیمہ نہ ہو جائے۔ پر میں اپنے دل میں کہتا رہا۔ ایسا تھوڑا ہی ہو سکتا ہے۔ کہ وہ مجھے فاقوں کے مارے مر جانے دے۔ اب میں نے اس کے مکان کے ارد گرد پھرنا پھرانا شروع کیا۔ ہمسایوں سے بات چیت کرتا اور اپنا راز بچا کر جہاں تک ہوتا۔ ان سے معلومات حاصل کرتا رہتا۔

"ان میں سے ایک نے کہا۔ اگر اس آس میں ہو۔ کہ اس کے دل پر کسی بات کا اثر ہو جائے۔ تو بھیا اسی وقت اپنی ساری امیدیں توڑ ڈالو۔ اس کا دل تو پتھر کا ہے۔ پتھر کا . . . ویسے اب اس کی دولت بھی زیادہ عرصہ اس کا ساتھ نہ دے گی۔ مرض نے ایسا گھیرا ہے۔ کہ چلنا پھرنا دوبھر ہو گیا ہے . . .'

"میں نے ڈرتے ڈرتے یہ بھی پوچھ لیا۔ کہ اس کے کوئی عزیز یا دوست بھی ہیں؟

"ہمسائے نے استہزا کے انداز میں کندھے جھٹک کر کہا۔ 'دوستیوں کی بھی ایک ہی کہی! رشتہ داروں میں شاید ایک بھتیجے کا بیٹا فرانس کے کسی کونے میں زندگی بسر کر رہا ہے۔ پر اُسے کچھ نہیں ملنے کا۔ اس کی تمام جمع پونجی اس عورت کو ملے گی۔ جو پندرہ سال سے اس کے گھر کا کام کر رہی ہے۔ وہ شیخیاں تو اسی قسم کی بگھارتی ہے۔ کہتی ہے کہ کئی دفعہ

اس نے مجھ سے کہا۔ کہ میں اپنی پونجی میں سے پھوٹی کوڑی بھی اپنے کسی عزیز کو نہ دوں گا۔ ایسا احمق نہیں ہوں۔ کہ اپنی موت سے ان کے دن پھیر دوں بس جو کچھ ہے۔ سب تم کو ملے گا۔ تم آپ پوچھ سکتے ہو۔ کہ اب وہ گھڑیاں گن گن کر وقت گذار رہی ہوں گی" یک لخت میرے دل میں۔ اپنے باپ سے نفرت سی پیدا ہو گئی۔ کیا میری تمام مصیبتوں کا باعث ایک یہی شخص نہ تھا؟

"میں وہاں سے رخصت ہو گیا۔ اور گلیوں میں آوارہ پھرتا رہا۔ مجھے خبر نہ تھی۔ کہاں جا رہا ہوں۔ ایذا کے ایک احساس نے باقی تمام جذبات کو مٹا ڈالا تھا۔ اسی طرح شاید بہت دیر تک گھومتا رہا ہوں گا۔ یہاں تک کہ آخر بھوک کے مارے نڈھال ہو کر ایک ذلیل سے تنور پر جا پہنچا۔ میرا خیال ہے وہ تنور کہیں فصیل کے قریب ہو گا۔ . . وہاں روٹی کی قیمت ادا کر چکا۔ تو میرے پاس ایک پائی

باقی نہ بچی۔ اور ابھی مہینہ ختم ہونے میں چھ روز باقی تھے! سوچتا تھا۔ خدایا میرا کیا حشر ہوگا؟ سوچ ہی میں تھا۔ کہ ناگہ اُس چاقو پر جا پڑا۔ جس سے روٹی کاٹی تھی یلیبا۔ پتلا اور نوک دار چاقو تھا۔ نہ جانے مَیں نے کیوں اُسے اُٹھا لیا۔ بس یہ جانتا ہوں کہ اسے اٹھا لیا۔

"مَیں اپنے متعلق کوئی عذر پیش کرنے کی کوشش نہیں کر رہا۔ جس سے میرا جُرم گھٹ جائے۔ لیکن یہ واقعہ ہے کہ جیب میں پہلو کے پاس چاقو ہونے کے احساس نے میرا دماغ چکرا دیا۔ . . مَیں نے اس کا دستہ پکڑ لیا۔ . . اپنی انگلیوں پر اُس کی دھار کا امتحان کیا۔ . . پھر بغیر یہ معلوم ہوئے کہ کیسے اور کیوں پہنچا۔ دیکھا۔ کہ مَیں اپنے باپ کے مکان کے دروازے کے سامنے کھڑا ہوں۔

"جو کچھ کر رہا تھا۔ اس کے متعلق مَیں نے اپنے دل میں کچھ غور و خوض نہ کیا تھا۔ بھیانک خیالوں سے

بھلا کون لڑ سکتا ہے۔ میں کچھ سوچ ہی نہ رہا تھا۔ سمجھتے بوجھتے ہوئے بغیر کسی قسم کے تامل کے میں نے مکان کے صحن کی گھنٹی دبا دی . . . دروازہ کھل گیا۔ زبان پر جو نام سب سے پہلے آیا۔ میں نے لے دیا . . . اور میں سیڑھیاں چڑھ کر اوپر پہنچ گیا۔

"جب میں مکان کی اس منزل میں پہنچا۔ جس میں میرا باپ رہتا تھا۔ تو میں تھم گیا۔ مبہم سے طریق پر اس بات کا کچھ احساس مجھے تھا۔ کہ کیا جنونی کام کیا چاہتا ہوں۔ سوچا اگر گھنٹی بجائی تو اتنی رات گئے کوئی دروازہ نہ کھولے گا۔ اگر آواز دی تو ہمسائے دیکھنے کو باہر نکل آئیں گے۔ کہ کیا واقعہ ہے۔ مجھے پکڑ کر سیڑھیوں سے نیچے پھینک ڈالیں گے۔

"میں نے جیب میں اپنے گھر کے دروازے کی چابی کو ٹٹولا۔ اور اسے نکال کر چپکے سے دروازے کے قفل میں لگا دیا۔ بغیر کسی قسم کے کھٹکے کے چابی تالے میں چلی گئی . . . چوروں کی طرح اُسے بڑی

آسانی سے گھما لیا . . . کوئی چیز سرک گئی۔ دروازہ کھل گیا۔ یہ دیکھ کر کہ میرے گھر کی چابی اور اس گھر کے تالے کی چابی ایک ہی ہے۔ میں مبہوت رہ گیا۔ چند لمحوں تک اندھیرے میں ساکت و جامد کھڑا رہا۔ پہلی دفعہ اپنے آپ سے پوچھا۔ کہ تو کیا کر رہا ہے؟

"اسی وقت مجھے قالین پر ایک روشنی کی شعاع نظر آئی۔ بڑی خاموشی سے میں نے ایک دوسرا دروازہ کھول لیا۔

"ایک شخص . . . میرا باپ . . . میری جانب پیٹھ کئے بیٹھا تھا۔ اس نے اپنا سر نہ اٹھایا۔ جس میز پر وہ سر جھکائے کچھ کام کر رہا تھا اس پر ہرے رنگ کا نیچے فانوس کا ایک لمپ رکھا تھا۔ جس کی روشنی میز پر پڑ رہی تھی۔ باقی کمرے میں سائے سے اندھیرا ہو رہا تھا۔ وہ کچھ لکھ رہا تھا۔ مجھے اس کا گنجا سر اور نحیف شانے نظر آ رہے تھے

سانس روک کر میں دبے پاؤں اس کے پیچھے جا پہنچا۔ اور پنجوں کے بل اُونچا ہو کر دیکھنے لگا۔ کہ وہ کیا لکھ رہا ہے۔ سیاہی چوس پر ایک بڑا کاغذ پڑا تھا۔ اس پر لکھا تھا:۔

یہ میری وصیت ہے

"اس کے نیچے تین سطریں خفی قلم سے لکھی تھیں۔"

ہمسایوں نے جو باتیں کہی تھیں۔ میرے دماغ میں سے بجلی کی رفتار سے گذر گئیں۔ اور میری آنکھوں کے سامنے وہ حریص خادمہ آگئی۔ جس نے اس مکان میں میری ماں کی جگہ کو غصب کر لیا تھا۔

"ایک وحشیانہ جنون میری رگ رگ میں دوڑنے لگا۔ میں کہ اس شخص کی اولاد ہوں۔ فاقوں کے مارے مرا جا رہا ہوں۔ اس وقت اس کے پہلو میں بھوک کا مارا کھڑا ہوں۔ اور یہ اپنے قلم کی چند جنبشوں سے یہ نفرت انگیز حرکت کر رہا ہے۔ اور اسے اٹل بنائے دے رہا ہے۔ میرے لئے کہ آج،

کاخون اسی کا گوشت پوست ہوں۔ اور افلاس میں دم توڑ رہا ہوں۔ ایک دمڑی ایک پھوٹی کوڑی نہیں . . . سب کا سب اسی بڑھیا ڈھڈو کے لئے۔ جو اس کی موت کی انتظار میں گھڑیاں گن گن کر گذار رہی ہے . . . یہ ناممکن ہے . . . اس کے لئے یہ ستم روا رکھنا کسی طرح مناسب نہیں ہے . . . میں آگے جھک گیا۔ اور پڑھنے لگا:۔

"میں اپنی مملوکہ تمام . . . دولت۔ جائداد . . ."

"میں نے دانت پیسے شروع کر دئے۔ وہ بے انتہا مضطرب ہو کر چونک اُٹھا۔ سر پھیرا۔ میرے چہرے کو دیکھا۔ جو اس وقت قطعی بے حد مہیب ہو گا۔ چیخ اٹھا۔ اور پھر ایک اضطراری حرکت سے وہ کاغذ اپنی بانہہ سے چھپانا چاہا۔ تاکہ کہیں میں اسے پڑھ نہ لوں۔

"چاقو میرے ہاتھ میں تھا ہی . . . مَیں نے ایسی قوت سے کہ میری اپنی ہڈیاں چڑچڑ بولنے لگیں۔ چاقو کا پھل اس کی گردن میں ہنسلی کی ہڈی کے اوپر گھونپ دیا۔"

"اب مجھے احساس ہوا۔ کہ مَیں نے کیا کر دیا ہے . . . مَیں وہاں سے بھاگ کھڑا ہوا . . . باقی باتیں آپ کو معلوم ہیں . . ."

اس نے عینک اتار لی۔ اور آنکھوں سے آنسو پونچھے چہرے پر پسینے کی بوندیں بہ رہی تھیں اور وہ کھڑا بڑی شدت سے کانپ رہا تھا۔

جج بڑے غور سے اس کو دیکھ رہا تھا۔ اب اس نے ایک لمبا چوڑا کاغذ کھولا۔ جس پر بھورے رنگ کا ایک داغ پڑا ہوا تھا۔ بولا:۔

"اور اس کاغذ پر اور جو کچھ لکھا تھا۔ تم نے نہیں پڑھا؟"

مجرم نے نفی میں سر ہلا دیا۔

"تو پھر سنو۔ باقی مَیں تمہیں پڑھ کر سنائے دیتا ہوں:۔

یہ میری وصیّت ہے

مَیں اپنی مملوکہ تمام دولت جائداد اور سامان اپنے بیٹے زین گوستے کے لئے چھوڑے جاتا ہوں اور اُس سے اس بات کی معافی چاہتا ہوں۔ کہ مَیں بہت بُرا باپ . . .

"تم نے اسے وصیّت ختم کرنے کی مہلت نہ دی؟"

قاتل چونک کر کچھ سنبھل سا گیا۔ آنکھیں پھٹی ہوئی سی تھیں۔ منہ کھلا ہُوا تھا۔ لڑکھڑاتی زبان سے بولا:۔

"اپنے بیٹے کے نام . . . ؟ میرے؟ . . . مَیں؟ . . ."

ایک لمحے کو توقف کیا۔ پھر وحشیانہ انداز سے ایک قہقہہ لگایا۔ اس زور سے قہقہہ کہ چیخیں نکل نکل

گئیں۔ ساتھ ساتھ اپنا سر پیٹتا جاتا تھا اور جھوم جھوم کر غل مچا رہا تھا۔

"میں امیر ہوں! میں امیر ہوں!"

وہ پاگل ہو چکا تھا۔

وہ بدمعاش میروں

یہ بات کبھی کسی کی سمجھ میں نہ آئی۔ کہ یہ عورت جو نہ جوان ہے نہ حسین۔ کیونکہ میروں کے دل۔ دماغ اور اس کی تمام زندگی پہ قابو پا کر اُس کی اکیلی مالک بن بیٹھی ہے۔ اس سے ملاقات ہونے کی دیر تھی۔ کہ اُس نے اپنے بہترین دوستوں سے قطع تعلق کر لیا۔ مرغوب ترین مقامات میں جانا ترک کر دیا۔ پہلے محض فن کا کمال ظاہر کرنے کو مصوری کیا کرتا تھا۔ اب ارذال ترین تصاویر بنانے لگا۔ ایک مرتبہ ایک شخص نے جو کسی زمانے میں اس کا

بڑا گہرا دوست رہ چکا تھا۔ جرأت سے کام لے کر اُس سے کہا بھی۔

"میرون۔ تم تو نرے احمق بن گئے ہو۔ اپنا انداز خاص روز بروز بگاڑتے چلے جا رہے ہو۔ اپنی تمام خداداد قابلیتوں پر پانی . . ." اُس نے جواب میں بے پروائی سے بازو جھٹک کر کہا۔

"ہوں۔ واہیات!" جب دوست نے اصرار کیا۔ اُس زمانے کی یاد دلائی۔ جب میرون شہرت کے خواب دیکھتا اور دل لگا کر کام کیا کرتا تھا۔ اور جب اس کا کمال دیکھ کر اُس کی ذات سے طرح طرح کی توقعات وابستہ ہو جاتی تھیں۔ تو وہ برا فروختہ ہو گیا۔

"میری قابلیت؟ میرے خواب؟ کیسی ہنسی کی باتیں کرتے ہو۔ جب ان امیدوں میں محو رہتا تھا۔ اُس زمانے میں مجھے رات بسر کرنے کو ٹھکانا تک نصیب نہ تھا۔ دن میں ایک وقت

روٹی میسر آتی تھی۔ میں جانتا ہوں۔ لوگ اب یہ کہنا ضرور چھوڑ دیں گے۔ کہ دیکھ لینا۔ یہ کسی روز امیر کبیر بن جائے گا۔ پڑے چھوڑ دیں۔ مجھے پیٹ بھر کھانا تو مل رہتا ہے۔ مالی پریشانیوں سے تو محفوظ ہوں۔ بس میں اتنے ہی سے خوش ہوں۔ بڑا خوش ہوں"۔

یہ کہہ کر وہ جلدی جلدی قدم اُٹھا کر رخصت ہو گیا۔ لیکن جب اُسے یقین ہو چکا۔ کہ اب میں نظروں سے اوجھل ہوں۔ تو ایک کیفے میں ٹھہر گیا اور ایک خالی گلاس سامنے رکھے گھنٹوں خیالات میں غرق بیٹھا رہا۔ میرداں نے جھوٹ بولا تھا۔ وہ خوش نہ تھا۔ پہلے پہل محبّت اس پر اس طرح مسلط ہوئی تھی۔ کہ اسے ہر چیز سے بے نیاز بنا دیا تھا۔ اپنی زندگی اس طور پر بسر کرنے کے لئے زائد روپیہ کی ضرورت پڑی تھی۔ اِس کے لئے اس نے باتصویر اخباروں میں قلم برداشتہ چھوٹی موٹی تصاویر بنانی شروع کر دی تھیں۔ جب اپنی قابلیتوں کو یوں

تباہ کرنے پر دل نے ملامت کی۔ تو یہ سوچ کر اپنی تسلی کر لی۔ کہ بہت جلد پھر محنت سے کام شروع کر دوں گا۔ لیکن جوں جوں وقت گذرا۔ وہ اخلاقی طور پر کمزور ہوتا چلا گیا۔ تقریباً بزدل بن گیا۔ اور اب ایک تلخ احساس نے اس کے دل کی گہرائیوں میں کچلیاں گاڑ رکھی تھیں۔ اسے اپنے اوپر شرم سی آتی تھی۔ اُس بے روح محبت پر شرم آتی تھی۔ جس پر رفتہ رفتہ مگر یقینی طور پر اُس نے اپنے تمام اوصاف بھینٹ چڑھا ڈالے تھے۔ قرض بڑھتا گیا۔ اور آخر کار ایک روز ایسا آیا۔ کہ قرض خواہوں کی دھمکیوں اور محبوبہ کے جھگڑوں تضیوں سے عاجز آ کر اس کا سر پھر گیا۔ اور اس نے ایک ایسا چیک لکھ ڈالا۔ جس کا روپیہ ادا کرنے کی توفیق نہ رکھتا تھا۔ امید تھی۔ کہ چیک بنک میں پیش ہونے سے پہلے روپیہ پیدا کر لوں گا۔ پر نہ کر سکا۔ اور آخر ڈر کے مارے پیرس اور فرانس سے بھاگ نکلا۔

اس خیال سے کہ کوئی کچھ شبہ نہ کرے۔ وہ اکیلا ہی رخصت ہوا۔ قرار یہ پایا۔ کہ محبوبہ اگلے روز روانہ ہوئی۔ اسے اتنا پختہ یقین تھا۔ کہ اگلے روز وہ میرے پیچھے پیچھے آ جائے گی۔ کہ رات کے وقت بغیر کسی قسم کے انفعال کے بستر پر لیٹا اور ہنسی خوشی پڑ کر سو رہا۔ امید تھی کہ صبح تک اس کا کوئی خط ملے گا جس سے معلوم ہو جائے گا۔ کہ کس وقت آ رہی ہے اس کے بدلے اگلی رات ایک تار ملا۔ جس میں بس صرف یہ چار لفظ لکھے تھے۔ "میں نہیں آ رہی"۔

پہلے پہل تو کچھ ایسا بھوچکا سا رہ گیا۔ کہ اس کا مطلب ہی نہ سمجھ سکا۔ کسی طرح ممکن نہ معلوم ہوتا تھا۔ کہ یہ پیغام اس کا ہو۔ پر کچھ دیر کے بعد بغیر کسی قسم کی تلخی کے اپنے آپ سے کہنے لگا۔ آخر سچ تو کہتی ہے۔ تو پور۔ تجھ سے اسے کیا واسطہ؟ مٹی ہوئی محبت کے خیالات ان دنوں کی یاد میں ڈوب گئے۔ جب اس کی آنکھیں شہرت کے انتظار

میں کھلی رہتی تھیں۔ ایک عظیم ذہنی اور طبعی تھکن نے اس قسم کی کیفیت پیدا کر دی۔ جیسے وہ ایک بچہ ہے اور راہ سے بھٹک کر کھویا گیا ہے۔ اپنے آپ کو بچانے کی کوشش کرنے کے لئے عزم کی ضرورت ہوتی ہے۔ اس میں ذرا سا عزم بھی باقی نہ بچا تھا۔ ٹھان لی۔ کہ واپس پیرس چلو۔ گرفتار ہو جاؤ۔ اور سزا بھگتو۔ جانتے بوجھتے ہوئے اپنے فن کو ذلیل کر دینے سے جو کوفت اٹھائی تھی۔ اس سے بڑھ کر اب اور کوئی شے تکلیف دہ نہ ہو سکتی تھی۔ سزا ہو گئی۔ تو دنیا بھر کی نظروں کے سامنے ذلیل ہونا تو نہایت صحیح اور مناسب انجام معلوم ہو گا۔ پر عدالت اور قید ایسی ذلتیں تھیں۔ جن سے بچے رہنا ابھی اپنے ہی اختیار کی بات تھی۔ چنانچہ ان کا خیال آتے ہی دل میں پہلے تو کچھ تامل پیدا ہوا۔ مگر پھر سوچا۔ آخر ان سے گھبرانے کی وجہ؟ انسان اپنے بچاؤ کی کوشش تو اُس وقت کرتا ہے۔ جب اسے اپنی بیوی کی فکر

ہو۔ یا والدین۔ دوستوں اور ایسی ہستیوں کا خیال دامنگیر ہو۔ جن سے احترام کے جذبات وابستہ ہوں۔۔۔ لیکن تم تو؟

اس نے ایک اخبار اُٹھا لیا۔ اور اُکھڑے اُکھڑے جی سے اُس کا مطالعہ کرنے لگا۔ یک لخت اس کا رنگ پیلا پڑ گیا۔ جلی قلم میں ایک عنوان لکھا تھا (میرون مصور غائب ہو گیا) اچھا خاصا طویل مضمون تھا۔ اسے پڑھتا رہا۔ بار بار پڑھتا رہا۔ پڑھتے پڑھتے ایک نیا خیال دل میں آیا۔ کہ روز کوئی نہ کوئی خائن خزانچی مفقود الخبر ہوتا رہتا ہے۔ کوئی دن ایسا نہیں گذرتا۔ کہ کوئی جعل ساز گرفتار نہ ہوتا ہو۔ پر کبھی ان کے معاملات میں بھی لوگوں نے دل چسپی لی ؟ یہ مضمون واضح طور پر بتا رہا تھا۔ کہ اس کے فرار میں لوگوں نے غیر معمولی توجہ سے کام لیا ہے۔ اس کے یوں کھوئے جانے پر لوگ مغموم ہیں۔ اگر اخبار میں اتنی بہت جگہ اس کے لئے وقف کی جا سکتی ہے

تو اس سے ظاہر ہے۔ کہ لوگوں نے اب اس کے کمالات کا اعتراف اور ان کی قدر کرنا شروع کر دیا ہے۔ وہ گمنام شخص نہیں۔ کچھ حیثیت رکھتا ہے۔ نامور آدمی ہے۔

رسوائی نے اس کے کمالات کا انکشاف کر دیا تھا۔ قید کا خیال جو بڑی معمولی بات معلوم ہوتا تھا اب بھیانک نظر آنے لگا۔ شرم۔ خوف اور خودداری کے احساس نے اسے ایک کرب میں مبتلا کر دیا۔ دنوں تک ایک کمرے میں بند ہو کر بیٹھا رہا۔ کوئی شخص اس کی کھڑکی کے نیچے کھڑا بھی ہو جاتا۔ تو اسے شبہ کی نظروں سے دیکھتا۔ اس کے مفقود الخبر ہو جانے پر اور اس سے بھی زیادہ اس کے فن پر اخبارات جو کچھ لکھ رہے تھے۔ انہیں بے حد ذوق وشوق سے پڑھتا۔ تھوڑے ہی عرصے میں اس کا تذکرہ اخبارات کے صفحہ اول سے خارج ہو کر دوسرے صفحے میں اور پھر تیسرے صفحے میں پہنچ گیا۔ پھر متواتر

دو روز تک اس کے متعلق کچھ نہ چھپا۔ دو تین مرتبہ تھوڑے تھوڑے وقفے سے ذرا ذرا سا تذکرہ اور ہوا۔ اور پھر خاموشی۔ لوگوں نے اس کی یاد اور حکام نے اس کی تلاش ترک کر دی۔ اب اسے یقین ہو گیا کہ میں بچ نکلا ہوں۔ جہاں چاہوں آ جا سکتا ہوں۔ بالکل آزاد ہوں۔

اب اس وقت اسے احساس ہوا۔ کہ میں دنیا میں بے تعلق اور یکسان تنہا ہوں۔

پھر ضرورتوں نے ستانا شروع کر دیا۔ پاس پھوٹی کوڑی بھی نہ تھی۔ محنت مزدوری سے روزی کمانے کے سوا چارہ نہ رہا تھا۔ لیکن کرے کیا؟ تصویریں بنائے؟ رنگ آمیزیوں کے جوہر دکھائے؟ اور اس طرح لوگوں کو موقع دے۔ کہ اس کا انداز خاص پہچان کر اسے گرفتار کر لیں؟

وہ بھلا اس خطرے میں کیونکر از سر نو پڑ سکتا تھا۔ کہ جس ناموری پر اب نازاں تھا۔ پرانی یادیں تازہ

کرکے اس پر پانی پھیر دے؟ آج جب کہ وہ اپنی تصاویر کسی کو نہ دکھا سکتا تھا۔ پہلی مرتبہ اسے اپنے حقیقی کمال سے، پوری آگاہی حاصل ہوئی تھی + لیکن گذر اوقات کے لئے روپیہ کمانے کو اب کچھ کرنے کی ضرورت تھی + سوچا۔ طالب علموں کو سبق دینا شروع کردوں۔ پر کسی نے اُس کی طرف توجہ نہ کی۔ چاہا کسی دفتر میں کام مل جائے۔ پر ضروری اسناد پاس نہ تھیں۔ ہار کر طرح طرح کے کام کئے۔ وُہ ادنٰے کام بھی۔ جن کے سرانجام دینے میں جسمانی قوت کے سوا اَور کسی چیز کی ضرورت نہیں ہوتی۔ کپڑے میلے چکٹ ہو گئے۔ جگہ جگہ سے پھٹ گئے۔ وجاہت غائب ہو گئی۔ اور داڑھی کے بال سفید پڑ گئے۔ بارہا ارادہ کرتا۔ کہ جان دے ڈالے۔ لیکن آخری وقت میں ہمت جواب دے جاتی + خیال اُڑتا ہؤا گئے گذرے دنوں میں پہنچ جاتا۔ اپنا وہ ننھا سا تصویر خانہ یاد آجاتا۔ جہاں بڑے بڑے عظیم الشان خواب

دیکھا کرتا تھا۔ امید کا ایک مبہم سا احساس خیالات کی ساری رَو کو بدل ڈالتا۔

جُوں جُوں برس گذرتے گئے۔ اپنا پُرانے زمانے کا یہ تصور زیادہ رنگین ہوتا چلا گیا۔ یہاں تک کہ رفتہ رفتہ اِس ارمان نے دل پر تسلط پا لیا۔ کہ یا تو پھر وہی پُرانی شخصیت اختیار کرے۔ یا اسی داغ بیل پر اپنے لئے ایک نئی شخصیت تیار کرے۔

طویل اور ویران اور بے رنگ مہینوں میں جب وُہ تھوڑا سا روپیہ بچا لینے کو انتہائی محنت کر رہا تھا۔ یہی ارمان اُس کی اُمیدوں کا سہارا بنا ہُوا تھا۔ کھانے پینے میں کفایت برتتا۔ بعض اوقات رات کو کھلے آسمان ہی کے نیچے پڑ کر سو رہتا۔ یوں ہی پیسہ پیسہ کر کے آخر کار تھوڑی بہت پونجی اس کے پاس جمع ہو گئی۔ جوانی کا خروش پھر عود کر آیا تھا۔ اس نے تصاویر کے خاکے بنانے شروع کر دیئے دیوار پر۔ میز کے کونے پر۔ جہاں کہیں جگہ ملتی بنا

دیتا۔ جس چیز پر نظر ڈالتا۔ تصویر بن کر نظر آتی۔ اسی طرح جب سو فرنیک جمع کر لیتے۔ تو ریل میں سوار ہو کر۔ فرانس واپس آ گیا۔ پیرس چھوڑے پندرہ برس ہونے آئے تھے۔ اب بھلا کس کو یاد آ سکتا تھا۔ سفید بال لمبی ڈاڑھی اور جھکے ہوئے شانوں کے ہوتے کون اسے پہچان سکتا تھا؟

پہلے پہل باہر نکلنے کی جرأت نہ پڑتی تھی لیکن جب اطمینان ہو گیا۔ تو بے اختیار ہو کر تصویریں بیچنے والوں کی دکان کی طرف چلا۔ جہاں تصاویر نمائش کی غرض سے الماریوں میں رکھی رہتی تھیں۔ وہاں دیکھا کہ نئے نئے لوگوں کے کام موجود ہیں۔ ایسے لوگوں کے جن کے نام سے وہ آشنا نہیں۔ گئے گذرے دنوں میں اس نے کبھی کسی سے اپنے کمالات کا ذکر نہ کیا تھا۔ پر آج آپ سے آپ اپنے کام کا مقابلہ ان تصویروں سے کرنے لگا۔ دل ہی دل میں بولا "میں اس سے بہتر کام کر سکتا ہوں!"

تصویر بنانے کا کپڑا کچھ رنگ اور چند برش خرید لایا۔ اور اپنے ننھے سے کمرے میں کام شروع کر دیا۔ ایک مجنونانہ جوش سے رنگ آمیزیاں کرتا رہا۔ کبھی کبھار یوں رُک جاتا۔ جیسے لمبی بیماری بھگتنے کے بعد مریض حرکت کرنے سے ٹھٹکتا ہے۔ تصویر بنا چکا۔ تو سارے دن بیٹھا اُسے تکتا رہا۔ بار بار اپنے سے پُوچھتا:۔

"اچھی ہے؟ بری ہے؟"

معلوم ہوتا تھا۔ اب اپنے کام پر تنقید کرنے کی قابلیت نہیں رہی۔ آخر کار دل کڑا کیا۔ جو نام سب سے پہلے ذہن میں آیا۔ اُسے مصور کی حیثیت سے تصویر پر لکھ دیا۔ تو ریتو۔ پھر تصویر کو بغل میں دبایا۔ اور ایک تصویر بیچنے والے کی دُکان کو چل کھڑا ہُوا۔ وہاں پہنچا۔ تو جوشِ قلب سے بات کرنی دشوار ہو رہی تھی۔ لڑکھڑاتی زبان سے بولا:۔

"مَیں مصوّر ہوں ۔ ۔ ۔ میرے پاس روپیہ نہیں

"... نہ جانے آپ تصویر خرید لیں گے یا نہیں..."

"کس کی بنائی ہوئی؟"

"کس کی۔ میری!"

"تمہارا نام کیا ہے؟"

"لوریلو"۔

"افسوس ہے۔ ان دنوں تو ہم تصویریں خرید نہیں رہے"۔

رنگ پیلا پڑ گیا۔ حلق خشک ہو گیا۔ تصویر بغل سے نکال لی۔

"ایک بار دیکھ تو لیجئے"۔

دکاندار نے تصویر پر نظر ڈالی۔ آگے بڑھا۔ اپنے ہاتھ میں لے لی۔ پھر اپنے حصے دار کو پکارا۔

"دیکھنا یہ تصویر؟ کیوں کیسی ہے؟"

"بُری تو نہیں"۔

دوسرے نے کہا۔ "گویا نہایت اچھی ہے؟"

"یہ کیا اس بوڑھے شخص نے بنائی ہے؟"

"ہاں"۔

دونوں اکٹھے الماری کے قریب کھڑے تصویر کو غور سے دیکھ رہے تھے۔ میروں نے سنا ایک کہہ رہا ہے:۔

"حیرت انگیز ہے . . . کمال ہے! بھلا بتاؤ تو اسے دیکھ کر مجھے کیا یاد آیا؟ وہ بدمعاش میروں اس قسم کا کام کیا کرتا تھا۔ ویسے یہ اس سے دس گنا بہتر کام ہے"۔

میروں دروازے کے قریب ایک کونے میں بے حس و حرکت کھڑا تھا۔ یہ بات سنی تو چونک اٹھا۔

پوچھنے لگا "آپ نے کیا فرمایا؟"

دکان دار مسکرایا۔ "تمہارا ذکر نہیں۔ میں اپنے حصے دار کو بتا رہا تھا۔ کہ تمہارا کام دیکھ کر ایک دوسرے مصور کا خیال آجاتا ہے۔ جس کا نام میروں تھا"۔

میروں نے سوچتے ہوئے دہرایا:۔

"۔ ۔ ۔ رمیروں ۔ ۔ ۔ رمیروں

"میرے ہاں اُس کی ایک تصویر ہے۔ تم جانتے ہو اُسے؟"

رمیروں نے آہستہ سے کہا۔" جی ہاں!"

"تمہارا انداز اور تمہارے کام کی خصوصیات اسی کی ہیں۔ لیکن کام اُس سے بہتر ہے۔ دکان دار ہوتے ہوئے مجھے تم سے یہ کہنا تو نہ چاہیئے تھا"۔

دکان داروں نے اسے دکھانے کو الماری میں سے جو تصویر نکالی تھی۔ رمیروں کی نظریں اس پر گڑھی ہوئی تھی۔ لڑکھڑاتی زبان سے کہنے لگا۔"نہیں تو ۔ ۔ ۔ میرا کام اس سے بہتر نہیں"۔

"قطعی ہے۔ میروں محض خداداد ذوق سے تصاویر بناتا تھا۔ تم مکمل ماہرِ فن ہو۔ اور میری رائے کا ثبوت یہ ہے۔ کہ میں نہ صرف تمہاری یہ تصویر لینے پر آمادہ ہوں۔ بلکہ جتنی تصویریں تم بناؤ گے۔ میں ان سب کا خریدار بننا چاہتا ہوں۔ میں سب کی سب

بیچ دوں گا۔ دو مہینے میں تمہارے کام کا چرچا ہو جائے گا۔ دو سال میں تم مشہور ہو جاؤ گے۔ اور میرا دعویٰ ہے کہ میروں کو سب لوگ بہت جلد بھلا ڈالیں گے۔"

میروں سنتا رہا۔ اور اس کا رنگ پیلا پڑتا گیا۔ اتنی دادو تحسین کے الفاظ جو کسی زمانے میں اُسے بے انتہا مسرور کرتے۔ آج دُکھ پہنچا رہے تھے۔ یک لخت اسے احساس ہوا۔ کہ اُس میں قدر کے قابل اور احترام کے لائق اگر کوئی شے تھی۔ تو صرف وُہ شخصیت جو وہ اب کبھی اختیار نہ کر سکتا تھا۔ وُہ میروتی جس کی فنا کا فتوے اس نے ابھی ابھی سُن لیا تھا۔ تو ریو کی کامیابی اور ناکامی سے تمہیں کیا؟ تم تو ریو نہیں ہو۔ تو ریو ایک اجنبی ہے۔ جسے صرف اس لئے دعوت دی گئی ہے۔ کہ سامنے آکر تمہاری حقیقی شخصیت کا کامیاب رقیب بن جائے۔ ایک بے نام ونشاں ہستی۔ جو تمہارے نام کو اور فنون لطیفہ کی دنیا میں اس کی ہر اہمیت کو فنا کر ڈالے گی۔

دکان دار باتیں کرتا رہا۔ مگر اس نے کچھ توجہ نہ کی۔ اس کی کوئی بات نہ سُنی۔ خیال ہی خیال میں دیکھا۔ کہ ایک خریدار دکان میں آیا ہے۔ اور میروں کی بنائی ہوئی تصویر مانگ رہا ہے۔ اور یہ دکان دار اپنے گھناؤنے تبسم سے کام لے کر اسے لوریو کی تصویر دکھاتا ہے۔ اور کہتا ہے:

"میروں؟ ... آپ اس کی تصویروں سے بہتر تصویریں کیوں نہیں؟ یہ تصویر ملاحظہ فرمائیے۔"

اس خیال کی تاب نہ لا سکا۔ اپنی مردہ شخصیت پر دل ہی دل میں یوں ماتم کرنے لگا۔ جیسے کوئی شخص آخری محبت کی یاد پر نوحہ خواں ہوتا ہے۔

دکان دار کہہ رہا تھا۔ "تو پھر معاملے کی بات ہو جانی چاہئے۔ قیمت کیا لو گے؟"

میروں نے اپنی ملول نظریں اٹھائیں۔ پر کچھ جواب نہ دے پایا۔ معلوم ہوتا تھا۔ ذہن اس سوال کا مطلب اخذ نہیں کر سکا۔

"یعنی تم یہ تو قطعی سمجھتے ہو گے۔ کہ میں پہلی ہی تصویر کا زیادہ معاوضہ ادا نہیں کر سکتا + لورلیوا اور میروں کے کام کا فرق سمجھتے سمجھتے بھی لوگوں کو کچھ عرصہ لگ جائے گا + پھر کئی خریدار رہنمائی بھی چاہتے ہیں + وہ علیحدہ بات ہے۔ کہ انجام کار میروں کی تصویریں طاق نسیاں کے حوالے ہو جائیں گی"۔

مصوّر اب تک گم سم کھڑا تھا۔ دکان دار کا خیال تھا۔ کہ قیمت پر غور کر رہا ہے۔

"اچھا اگر میں اس کی . . ."

میروں نے ہاتھ بڑھا کر اسے روک دیا:

"کچھ عرصہ کو معاملہ ملتوی کرنا چاہتا ہوں۔ پھر کسی وقت آؤں گا . . ."

"اچھی بات۔ پر تصویر چھوڑتے جاتے۔ میں میروں کی تصویر کی جگہ اسے الماری میں رکھے دیتا ہوں"۔

میروں نے کہا: "نہیں"۔

"بڑی غلطی کر رہے ہو۔ اس قسم کا نادر موقع ہاتھ آجائے تو انسان کو تامل نہیں کرنا چاہئے۔ مَیں جو قدر تمہاری کر رہا ہوں۔ اگر کہیں اس بدمعاش میروں کی کرتا۔ تو غالباً وہ اب تک یہیں ہوتا۔ اور جو حرکت اُس نے کی ہے۔ کبھی نہ کرتا"۔

میروں نے منہ ہی منہ میں کہا۔ "سچ ہے" وہ کانپ رہا تھا۔

"یقیناً تم میری شرائط کو رد نہ کرو گے۔ انجان تھوڑا ہی ہو"۔

"مَیں انہیں رد کرتا ہوں۔ تصویر مجھے دے دیجئے"۔

"لیکن میں . . ."

میروں نے پھر کہا۔ "تصویر مجھے دے دیجئے"۔ آواز گلوگیر تھی۔ اور آنکھوں کی گہرائیوں میں ایک انوکھی چمک نظر آرہی تھی۔

دکان دار بولا۔ "بڑے افسوس کی بات ہے! پھر کہتا ہوں۔ مجھ سے معاملہ کرتے۔ تو مَیں تمہیں میروں

سے بھی زیادہ نامور بنا دیتا۔"

میروں نے دوبارہ کہا۔ "سچ ہے"۔ اور دکان سے رخصت ہو گیا۔

اندھیرا پھیل چلا تھا۔ کئی لوگ جو جلدی جلدی آجا رہے تھے۔ اس سے ٹکرا ٹکرا گئے۔ نمناک اور ویران سی شام تھی۔ اسی رات سے ملتی جلتی جب وہ فرار ہو گیا تھا۔ وہ تصویر ہاتھ میں لئے سڑک پر کھڑا تھا ہاتھ پھیلا کر، پھر تصویر کو تھامے رکھا۔ پھر ایک گذرتی ہوئی گاڑی کے آگے پھینک دیا۔ ایک شخص نے کہا: "تمہاری کوئی چیز گر پڑی ہے"۔ میروں نے جواب دیا۔ "معلوم ہے . . . یوں ہی تھی . . . آپ کی مہربانی"۔

اسی وقت گھوڑے کا سُم چوکھٹے پر پڑا . . . اور پھر پہیا گذر گیا۔ تصویر پر سے گاڑی گذری۔ تو بڑی خفیف سی آواز پیدا ہوئی۔ پرانے ہی میں کپڑا پھٹ چکا تھا۔ اور کیچڑ میں یوں لت پت تھا۔ کہ

معلوم ہوتا تھا۔ بس ایک مُڑا تُڑا خاکی کاغذ پڑا ہُوا ہے
میروں پھر دکان کی نمائشی الماریوں کے
سامنے آیا۔ وہاں اُس کی تصویر ایک اعزازی مقام پہ
آویزاں تھی۔ کُہر سے روشنی مدھم ہو رہی تھی۔ تاہم
روشن دُھند میں سے اُسے چوکھٹے پر لگی ہوئی وہ
چِٹ نظر آ رہی تھی۔ جس پر اس کا نام میروں لکھا تھا
وہ دیر تک کھڑا ایسی نظروں سے اُسے تکتا رہا۔ جن
میں لوچ جھلک رہا تھا۔ اور گئے گذرے دنوں
کی باتیں اُسے یاد آتی رہیں + وہ رُخصت ہونے کے
لئے مڑا۔ تو ایک آنسو اُس کے رخساروں پر بہ رہا
تھا۔ ہلکی ہلکی پھواریں جس سے سڑک کے کنارے
کی گذرگاہ دمک رہی تھی۔ وہ وہاں سے رُخصت ہو
گیا۔

آسودگی

قیدی عورت نے فردِ جرم کو کامل سکون و سکوت کے ساتھ سُنا۔ اور منصف نے جو سوالات کئے۔ ان کا جواب مُبہم فقروں میں دیتی رہی:

"جب میرا بچہ پیدا ہُوا۔ تو میں اکیلی تھی۔ چاہا کہ اٹھ کھڑی ہوں۔ امداد کے لئے کسی کو پکاروں۔ پر سکت نہ تھی۔ بچے کو بستر پر اپنے پہلو میں ڈال لیا۔ . . اس کے بعد مَیں ضرور بے ہوش ہوگئی ہوں گی۔ اگلے روز صبح سویرے ہوش میں آئی تو دیکھا۔ کہ بچے کا پنڈا برف ہے . . . کون جانے

مَیں اس کے اوپر پڑی رہی۔ اور اِس سے اُس کا دم گھُٹ گیا۔ ۔ ۔ کیا خبر جب مَیں نے اُسے پہلو میں لٹایا۔ اُسی وقت مر چکا ہو۔ ۔ ۔ بیہوش ہونے سے پہلے کیا ہُوا۔ مجھے کچھ بھی یاد نہیں رہا ہے۔ پھر یہ بات کیونکر معلوم ہو سکتی ہے؟ ۔ ۔ ۔"

"بچہ رویا تھا؟"

"مجھے معلوم نہیں؟"

"اور اس کی کیا وجہ کہ اپنی خادمہ کے روبرو تمہارا رویہ ایسا رہا۔ جیسے کچھ ہُوا ہی نہیں؟ گواہوں سے پُوچھو۔ وہ کہتے ہیں۔ کہ جب تم نے بچّے کی ننھّی نعش کو دیکھا۔ تو تم ذرا بھی مضطرب نہ ہوئیں۔ چلو ذرا سی دیر کو ہم یہی فرض کئے لیتے ہیں۔ کہ جو کچھ ہُوا اتفاقی حادثے سے ہُوا۔ پر یہ بات بھی تو قابل غور ہے۔ کہ بچّے کے پیدا ہونے سے پیشتر اُس کا باپ گذر چُکا تھا۔ شوہر کی وفات کے بعد اُس کا بچّہ تمہیں اور بھی زیادہ عزیز ہونا چاہیے تھا۔ چونکہ مَیں پہلے ایک گواہ

کی شہادت کا حوالہ دے چکا ہوں۔ اس لئے دوسروں کی شہادت کو خاموشی سے نہ نظر انداز کر سکتا ہوں نہ کروں گا۔ تو ایک دوسرے گواہ کی شہادت سے ظاہر ہے۔ کہ تمہاری شادی تمہاری اپنی رضامندی اور باہمی محبت کا نتیجہ تھی۔ اور شادی کے بعد تم میاں بیوی نے پوری پوری خوشی کی زندگی بسر کی۔ اگر ہم اخلاق کے اقتضا سے قطع نظر بھی کر لیں۔ اور محض مادی ثبوتوں پر غور کریں تو اس بات کا کیا جواب کہ ڈاکٹر کی رائے میں بچے کی گردن پر اس قسم کے نشان ہیں۔ جن سے ظاہر ہوتا ہے۔ کہ گلا گھونٹ کر اُس کا کام تمام کیا گیا ہے؟ جا بجا ناخن کی ایسی کھرنچیں موجود ہیں۔ جو ناخنوں ہی سے پڑ سکتی تھیں۔ مزید برآں بچے کی حالت دیکھنے سے پتہ چلتا ہے۔ کہ وہ غالباً زندہ رہتا۔ بلکہ یہ کہ وہ کچھ عرصہ زندہ رہا بھی۔ سمجھ گئیں۔ وہ اچھے خاصے عرصہ زندہ رہا۔ ۔ ۔"

عورت کے صبر کا باندھ ٹوٹ گیا۔ پھوٹ پھوٹ کر اور سسکیاں بھر بھر کے رونے لگی۔ دل کی بھڑاس نکال چکی۔ تو جج نے پھر تقریر شروع کی!

"اب ذرا سوچ سمجھ کر بات کرو، ان الزاموں کا تمہارے پاس کیا جواب ہے؟"

ایک ادائے اضمحلال سے عورت نے بیوگی کا لمبا نقاب اپنے چہرے پر سے اٹھا دیا۔ آنسوؤں کی وجہ سے چہرہ سُوجا سُوجا معلوم ہو رہا تھا۔ آنکھیں لال لال تھیں۔ ہونٹ کانپ رہے تھے۔ دیکھتے ہی حاضرین کا دل رحم سے دُکھ کر رہ گیا۔ عدالت پر مکمل اور توتیر آمیز سکوت چھا گیا۔

بولی۔ "مجھے بخش دیجیے۔ کہ اب تک آپ کے سوالوں کا جواب کچھ کا کچھ دیتی رہی ہوں، اب اور جھوٹ نہیں بولا جاتا۔ جو دُکھ اندر ہی اندر سہہ رہی ہوں۔ بڑا سخت ہے، سچ بول دوں تو شاید کچھ تسکین ہو جائے، میں مانتی ہوں۔ خود میں نے اپنے

نے بچے کو ہلاک کر ڈالا ہے"۔

جج نے کچھ اشارہ کیا۔ عورت نے اپنے ہاتھ یوں پھیلا دیئے۔ گویا جو الزام وہ لگانا چاہتا ہے۔ اُس سے اُسے روکنا چاہتی ہے:

"پر مَیں نے پہلے سے اِس جُرم کا ارادہ نہ کر رکھا تھا۔ جیسی قسم جی چاہے لے لو۔ میرا ارادہ یہ نہ تھا۔ جتنی جلدی بیان کر سکتی ہوں۔ مَیں تمام بات پورے پورے طور پر بیان کئے دیتی ہوں۔ کہ پھر کبھی کسی کی زبان پر اس تذکرہ کو نہ سُنوں...."

"مَیں امید سے تھی۔ کہ ان ہی دنوں میرا شوہر بیمار پڑ گیا۔ اُس وقت تک اُس کی صحت بڑی اچھی رہی تھی۔ پہلے پہل تو مَیں یہ سمجھی۔ یوں ہی کسی وجہ سے طبیعت ناساز ہو گئی ہے۔ ٹھیک ہو جائے گی۔ اُدھر خود میرے شوہر نے بھی ایسا ظاہر کرنا شروع کیا۔ جیسے تندرست ہو گیا ہے۔ پر انجام کار مجھے تشویش ہونی شروع ہوئی۔ وہ اس لئے کہ اگرچہ اُسے

کوئی خاص دکھ درد تو نہ تھا۔ پر وہ ہر وقت فکر مند اور کھویا کھویا سا رہتا تھا۔ ہمیشہ سے دیکھتی آئی تھی۔ کہ طبیعت کا سلیم اور بڑا خوش مزاج ہے۔ لیکن اس موقع پر میں نے اُس سے منت سے پوچھا۔ "مجھے بتاؤ تو آخر شکایت کیا ہے؟" تو سراسیمہ ہو کر۔ بلکہ اچھا خاصا بگڑ کر بولا۔

"کچھ نہیں . . . ہوتا کیا . . . کیوں پریشان کرتی ہو . . . یوں ہی ذرا طبیعت بگڑ گئی ہے۔ کوئی ایسی خاص بات نہیں . . . چند روز میں ٹھیک ہو جاؤں گا . . . "

"میں نے کہا" کسی ڈاکٹر سے مل لیتے" یہ سُن کر اس کے غصے کا کچھ ٹھکانا نہ رہا۔

"اب میں نے اس کا رنگ ڈھنگ اور اپنے سے سلوک یوں بگڑا ہوا دیکھا۔ تو جی ہی جی میں حیران ہونے لگی۔ کہ انہی میں نے اپنے شوہر کے متعلق جو اعلےٰ رائے دل میں قائم کر رکھی ہے۔ وہ سراسر غلط

ہے؟ یوں بھی ہو سکتا ہے۔ کہ اس کے چال چلن کو جیسا میں سمجھتی رہی ہوں۔ یہ اُس سے بالکل مختلف ہو؟"

"اِس کے بعد ایک روز رات کا ذکر ہے۔ ہم کھانا کھا کر اٹھنے ہی کو تھے۔ کہ میرے شوہر نے کہا۔ سر میں شدت کا درد ہے۔ کہتے کہتے اُس کی آنکھیں پتھرا سی گئیں۔ وہ اپنی جگہ پر سے اچھل پڑا کرسی الٹ گئی۔ اور شان نہ گمان زمین پر گر پڑا۔ ساتھ ہی میز کی طشتریاں اور گلاس چادر کے ساتھ گھسٹ کر زمین پر آ رہے۔ میرے شوہر نے زمین پر گرتے ہی تڑپنا شروع کر دیا۔ عجیب عجیب آوازیں نکال رہا تھا۔ جن کا مطلب سمجھ میں نہ آتا تھا۔ منہ سے جھاگ بہ رہا تھا۔ نوکر ڈر کے مارے سکتے کے عالم میں تھے۔ میں دوزانو ہو کر اُس کے قریب بیٹھ گئی اور بات کرنی چاہی۔ پر میری کوئی بات سننا تو در کنار وہ مجھے پہچان بھی نہ سکا۔

"ڈاکٹر آیا۔ جو سب سے قریب رہتا تھا۔

اسے بلا لائے تھے۔ اس نے سرسری سا معائنہ کیا۔ آپ میں بھی جانتی ہوں۔ اُس مرض کو سمجھنے کے لئے زیادہ دیر معائنہ کرنے کی ضرورت نہ تھی پوچھا اُس قسم کا دورہ کبھی پہلے بھی پڑا ہے؟

"میں نے کہا: پہلا ہی ہے۔ کس مرض کا دورہ ہو سکتا ہے؟"

"اس نے اچنبھے سے مجھ کو دیکھا۔ میرے اس سوال پر بڑا حیران ہوا تھا۔ سر ہلایا اور ہلکے سے بولا۔ 'جلد یا بدیر تمہیں معلوم تو ہو ہی جاتا ہے۔ یہ مرگی کا دورہ ہے'۔

"خداوندا تیری پناہ! کیسا بھیانک لفظ تھا۔ آج تک میرے کانوں میں اس کی گونج باقی ہے۔ مجھے یاد تھا۔ کہ میں نے اس لفظ کو اُس وقت تک جب کبھی سنا۔ میرے دل میں ہیبت اور نفرت پیدا ہو گئی۔ ایک مرتبہ اپنے ابّا جان کے ساتھ بازار میں سے گذر رہی تھی۔ تو دیکھا کہ ایک جگہ کچھ مجمع ہے۔

ہم رُک گئے۔ کہ معلوم کریں۔ کیا بات ہوئی ہے۔ لیکن میرے اباجان نے جلدی سے مجھے وہاں سے ہٹالیا اور کہا "نہ دیکھو۔۔۔ کوئی مرگی کا مارا ہے۔۔۔"

"اور آج خود میرا شوہر۔ اس مرض کا شکار نظر آرہا تھا۔۔۔ یہی تصویر بنی کھڑی تھی۔ جرأت نہ پڑتی تھی۔ کہ اس نصیبوں جلے کے قریب بھی جاؤں۔ جسے سب نے زور لگا کر زمین کے ساتھ جکڑ رکھا تھا"

"ڈاکٹر کو اپنی وحشیانہ صاف گوئی پر کچھ تاسف ہُوا۔ بولا "مجھے آپ سے دلی ہمدردی ہے۔ لیکن اب محض اس بیماری کا نام سُن کر اسے بہت زیادہ ہیبت ناک نہ سمجھ بیٹھئے۔ یعنی اس امر سے تو انکار کرنا بے سود ہے۔ کہ بڑا اندیشہ ناک مرض ہے۔ لیکن عام طور پر جتنی سمجھی جاتی ہے۔ اس سے بہت زیادہ عام بیماری ہے۔ اور جن لوگوں کی مناسب تیمارداری ہو سکے۔ ان کے لئے اس میں کچھ زیادہ خطرہ نہیں۔ آپ کے شوہر پر سے اس کا یہ دورہ جلد

گذر جائے گا۔ اور پھر غالباً مہینوں شاید برسوں اِس قسم کی تکلیف نہ ہو۔ میں اِس میں کچھ کر نہیں سکتا۔ صرف اتنی تنبیہہ کرنا چاہتا ہوں۔ کہ اب کچھ عرصے تک آپ اِس بات کی احتیاط کیجئے۔ کہ آپ کے ہاں بال بچہ نہ پیدا ہونے پائے۔"

"میں دو مہینے کے عرصہ سے اُمید سے

ہوں۔ ۔ ۔"

"ڈاکٹر نے اپنے ہونٹ دانتوں میں دبا لئے۔ ایک خواب آور دوا کا نسخہ لکھا۔ اور رخصت ہو گیا۔"

رات میں میرا شوہر ہوش میں آ گیا۔ جب مجھے اپنی پٹی سے لگا ہوا بیٹھا دیکھا تھا۔ تو اُسے اتنی جرأت نہ پڑی۔ کہ اپنا ہاتھ میری طرف بڑھا دے۔ مجھے بھی حوصلہ نہ ہوا۔ کہ اپنا ہاتھ اس کے ہاتھ میں دے دوں۔ ۔ ۔ مجھے آپ سے آپ یقین ہو گیا تھا۔ کہ اِسے شروع سے اپنے مرض کا سب حال معلوم تھا۔ اس نے جان بوجھ کر اسے مجھ سے چھپایا۔

میری تیمارداری سے احتراز۔ فکر و تردد کا استغراق۔ آشفتہ مزاجی۔ یہ سب کیوں تھا؟ صرف اس ڈر کے مارے کہ اُسے یقین تھا۔ آخر میں اصل بات مجھے معلوم ہوئے بغیر نہیں رہ سکتی۔ میں نے اپنے والدین سے کچھ نہ کہا۔ بس دو خطروں کے درمیان اُدھر میں لٹکتی تھی۔ یا تو اپنے شوہر کے ساتھ تن تنہا رہ جاؤں یا اس مرض کی کیفیت کو اَوروں سے بھی بیان کر دوں۔ لیکن مجھے اس خواہش نے بیتاب کر رکھا تھا کہ پہلے اصل بات یقینی طور پر معلوم ہونی چاہیے۔ معلوم کرنا کچھ دشوار بھی نہ تھا۔ لوگوں کو اس سے زیادہ خوشی اور کس بات میں ہو سکتی ہے۔ کہ دوسروں کی مصیبتیں اور کم نصیبیاں بہ تفصیل کسی کو سنائیں۔ تھوڑے ہی دنوں میں مجھے اپنے شوہر کے خاندان کے تمام واقعات معلوم ہو گئے۔

* اس کے والد کا انتقال مرگی سے ہوا تھا۔
* اس کا ایک بھائی جس کے متعلق یہ مشہور تھا

کہ کہیں پردیس میں چلا گیا ہے۔ اور اب کچھ معلوم نہیں۔ کہ کہاں ہے۔ پاگل خانہ میں موجود ہے۔

"ایک دوسرا بھائی جو پیدائشی سودائی تھا۔ بیس سال کی عمر میں مرگیا۔

"میرے شوہر کو چودہ سال کی عمر سے مرگی کے دَورے پڑ رہے ہیں۔

"یہ تھے اس خاندان میں وراثت کے ہیبت انگیز واقعات جو میری آنکھوں کے سامنے دہک رہے تھے۔ اس خاندان میں سے ہر ایک اِسی لعنت کا شکار تھا۔ مَیں نے جی ہی جی میں سوچنا شروع کیا۔ کہ جو بچہ مَیں اپنے پیٹ میں اُٹھائے پھر رہی ہوں۔ کہیں وہ بھی اسی لعنت سے آلودہ نہ نکلے۔

اب مَیں اپنے جرم کا اقرار کر رہی ہوں۔ تو سب کچھ صاف صاف من وعن بیان کر دوں گی۔ آپ کا جی چاہے تو مجھے مجرم ماں قرار دینے سے پیشتر شوق سے بدکار بیوی اور ناخلف دختر بھی کہہ

لیجے۔ اس سے کیا ہو جائے گا۔ مَیں صرف یہ بات آپ کے ذہن نشین کرنا چاہتی ہوں۔ کہ اس وقت سے میری زندگی دوزخ کا نمونہ بن گئی۔ ہفتوں تک کوئی رات ایسی نہ گذری۔ کہ بھیانک خوابوں نے میری نیند نہ اُڑا ڈالی ہو۔ مجھے اپنے شوہر کے والدین سے بھی نفرت ہو گئی۔ جنہوں نے زبردستی اس خبیث موروثی مرض سے اُسے آلودہ کر دیا تھا۔ اپنے شوہر سے بھی جس نے سنگدل بن کر مجھے فریب دیا تھا۔ یہاں تک کہ مجھے اپنے والدین تک سے نفرت ہو گئی۔ کہ انہوں نے اپنا اہم ترین فرض نظر انداز کر دیا۔ اور ذرا نہ سوچا سمجھا۔ کہ مجھے کس کو سونپے دے رہے ہیں۔

"بہر حال کچھ اس خیال سے کہ میرے دل میں اپنا وقار تھا۔ کچھ اس خیال سے کہ مجھے شرم آتی تھی۔ مَیں خاموش ہی ہو رہی۔

"چھ ہفتے بعد میرے شوہر کو آخری دَورے

سے بھی سخت ایک دوسرا دورہ پڑا۔ اس کے بعد دورے جلد جلد پڑنے لگے۔ بہت جلد یہ حالت ہوگئی۔ کہ پہلے روزانہ اور پھر دن میں دو دو بار دورے پڑنے لگے۔ کسی چیز سے اُسے افاقہ نہ ہوتا تھا۔ یہاں تک کہ آخر کرب کے دہشت انگیز پیچ و تاب میں اُس نے دم توڑ دیا۔

"اُس کی موت نے میرے دل کے تلخ احساسات کو مٹا ڈالا۔ غم و الم نے مجھے نڈھال کر دیا تھا۔ میں نے مرے ہوئے شوہر کی روح کو بخش ڈالا۔ سوچا۔ کہ یہ اُس کی انتہائی محبت ہی کا نتیجہ تھا۔ کہ اُس نے اصل بات مجھ سے چھپائے رکھی۔

"اس کے بعد کئی بے رنگ مہینے گذرتے چلے گئے۔ میں اپنے خیالوں میں محو اِس انتظار میں وقت گذار رہی تھی۔ کہ کب میرے بچہ پیدا ہوتا ہے۔ مجھ سے دنوں کے شمار میں ضرور کوئی غلطی

ہو گئی ہو گی۔ کیونکہ بچہ میری اُمید سے دس پندرہ روز پیشتر پیدا ہو گیا۔ یہی وجہ تھی۔ کہ اس وقت میرے ہاں نہ کوئی دائی تھی۔ نہ نرس۔ نہ ڈاکٹر۔ مجھ میں اتنی سکت بھی نہ تھی۔ کہ اٹھ کر گھنٹی بجا دیتی۔ صرف یہ خیال میری ڈھارس بندھا رہا تھا کہ اب میرا ایک بچہ بھی ہو جائے گا۔ اس خیال نے کرب کی حالت میں مجھے خوش کر رکھا تھا۔ لیکن اس کے پیدا ہونے کے ساتھ ہی جیسے میری آنکھوں پر سے پردے اُٹھ گئے۔ اور تمام خطرے مجھے صاف نظر آنے لگے۔ ابھی میں نے کہا تھا۔ کہ میں نے بچے کے رونے کی آواز نہ سُنی تھی۔ میں نے جھوٹ بولا تھا۔ میں نے اُس کے رونے کی ننھی سی چیخ سُنی تھی۔ یہ ہی آواز تھی۔ جس نے ایک تیر کی طرح میرے دماغ کو چھید ڈالا تھا۔ ڈراؤنے تصور میری آنکھوں کے آگے پھر گئے۔ مجھے اُس کا باپ اور اس کا ہولناک

کرب یاد آگیا۔ مجھے اس کا چچا نظر آنے لگا۔ کہ پاگل خانے کے لباس میں تڑپ رہا ہے۔ پھر دوسرا بھائی' وہ گھناؤنا بڑی شخص میرے سامنے آکے کھڑا ہوگیا۔ پھر ان سب کے دادا کا۔ اُس جڑ کا جس سے یہ ساری شاخیں نکل کر پھیلی تھیں خیال آیا کہ وہ بھی مرگی کے مرض سے آلودہ تھا۔

"مجھے صاف صاف نظر آنے لگا۔ کہ آخرکار میرا بچہ ایک روز کیا بننے والا ہے۔ میں دونوں باتوں سے سہم گئی۔ جو کچھ آنکھوں کے سامنے تھا۔ اس سے بھی۔ اور جو کچھ آگے چل کر دیکھنا تھا۔ اس سے بھی۔

"لیکن بعد میں جو کچھ ہوا۔ اُس کے مقابلے میں یہ سب خیال کچھ بھی نہ تھے۔ یک لخت مجھے احساس ہوا۔ کہ زندہ گوشت کا ایک لوتھڑا میرے پہلو میں ہل جل رہا ہے۔ دہشت انگیز جنون مجھ پر طاری ہوگیا۔ چاہا کہ یہ سمجھ کر اپنے آپ کو تسکین

دے لوں - یہ میرا بچہ - میرا اپنا بچہ ہے۔ مگر میرے کانوں میں کوئی آواز سرگوشیاں کر رہی تھی:-

"جنون کا بچہ! جنون کا بچہ!"

"میں لرز اٹھی - جیسے کسی گھناؤنے حشرات الارض کو چھو لیا ہے . . . کسی کو یقین نہ آئے گا . . . بھلا تم کیسے سمجھ سکتے ہو . . . کہو گے ماں اپنے ہی بچے سے کیونکر خائف ہو سکتی ہے . . . ایسی ناتواں ننھی سی شے سے - جو ابھی پوری طرح زندہ بھی نہ ہونے پائی تھی . . . لیکن واقعہ یہی تھا - اور میں اس احساس پر غالب نہ آسکی - میں سمٹ کر اس سے الگ آ گئی - ایسا معلوم ہوتا تھا - کہ مجھے اس بڑی ہی ہولناک . . . غیر انسانی چیز سے اپنے آپ کو بچانے کی کوشش کرنی چاہیے - میں اس پر جھپٹ پڑی . . . ننھی سی گردن کو جو میری انگلیوں میں سے نکلی جاتی تھی دبوچ لیا - ہاتھ بڑھا دئے - کہ اگر وہ کوئی کشمکش

بھی کرے۔ تو بچے چھونے نہ پائے ۔ ۔ ۔ اِس طرح مَیں نے ۔ ۔ ۔ مجھ دکھ کی ماری کم نصیب نے ۔ ۔ ۔ مجھ ڈائن نے ۔ ۔ ۔ مجھ قاتلہ نے ۔ ۔ ۔ اپنی اُنگلیوں کو دبانا شروع کر دیا۔"

یہاں تک پہنچ کر عورت رہ گئی۔ گھٹنوں کے بل گر پڑی۔ چہرہ دونوں ہاتھوں میں چھپا لیا۔ اور سِسکیاں بھر بھر کر کہنے لگی:

"ہائے رے میرے بچے ۔ ۔ ۔ میرے لال ۔ ۔ ۔ مَیں تجھ سے ڈر گئی تھی ۔ ۔ ۔"

فقیر

شام پڑ رہی تھی۔ فقیر سڑک کے کنارے خندق کے پاس کھڑا ہو گیا۔ اور ادھر ادھر دیکھنے لگا کہ کوئی کونا کھدرا نظر آئے۔ تو وہاں پڑ کر رات بسر کر لے۔ اوورکوٹ سمجھ لو یا جو کچھ سمجھو۔ ایک بورا سا اُس کے پاس تھا۔ اُسی میں گھس گیا۔ لاٹھی کے سرے پر ایک گٹھڑی سی باندھ کر کندھے پر اُٹھا رکھی تھی۔ تکیے کی جگہ اسے سر کے نیچے رکھ لیا۔ تھکن سے چور چور ہو رہا تھا۔ بھوکا تھا۔ پڑ رہا اور نیلے آسمان پر تاروں کو ایک ایک کر کے اُبھرتے

ہوئے دیکھنے لگا:۔

سڑک کے دونوں طرف جنگل بیابان پڑا تھا۔ پیڑوں پر چڑیاں نیند میں چُپ چاپ تھیں۔ دور بہت فاصلے پر گاؤں ایک بہت بڑا سیاہ دھبہ سا دکھائی دے رہا تھا۔ یہاں سکون اور سناٹے میں لیٹے لیٹے غریب بڈھے کا دل بھر آیا:۔

اُسے کچھ معلوم نہ تھا۔ میرے ماں باپ کون تھے۔ لاوارث کو ثواب کمانے کے لئے کسی زمیندار نے لے لیا تھا۔ اُسی کے ہاں پروان چڑھا تھا۔ بچّہ ہی سا تھا۔ تو وہاں سے نکل بھاگا۔ اِدھر اُدھر اِس فکر میں پھرنے لگا۔ کہ کہیں کچھ کام مل جائے جس سے روٹیوں کا سہارا ہو سکے۔ بڑی کٹھن زندگی گذاری تھی۔ دکھوں کے سوا جینے کا کوئی مزا نہ دیکھا تھا۔ جاڑوں کی لمبی لمبی راتیں چکیوں کی دیواروں تلے پڑ کر کاٹ دی تھیں۔ سوال کے لئے ہاتھ پھیلانے کی ذلّت اُٹھائی تھی۔ چاہا تھا مر جائے۔

ایسی نیند سوئے۔ جس سے پھر کبھی آنکھ نہ کھل سکے۔
جتنے لوگوں سے اب تک واسطہ پڑا تھا۔ بے درد تھے۔ شکی تھے۔ سب سے بڑی مصیبت یہ تھی۔ کہ معلوم ہوتا تھا۔ ہر ایک اُس سے ڈرتا ہے۔ بچے دیکھ پاتے تو بھاگ جاتے۔ کتے اُس کو چیتھڑوں میں دیکھ کر بھونکنے لگتے۔

پھر بھی کبھی کسی کا برا نہ چاہا تھا۔ سیدھی سادی اور نیک طبیعت پائی تھی۔ جسے مصیبتوں نے مُردہ بنا دیا تھا۔

آنکھ لگنے ہی کو تھی۔ کہ دُور سے گھنٹیوں کی سی آواز آئی۔ جیسے کسی گھوڑے کی گردن میں ہل رہی ہیں۔ سر اٹھا کر دیکھا۔ تو زمین سے کچھ اوپر ایک روشنی بڑھتی ہوئی نظر آئی۔ شوق سے تکتا رہا۔ دکھائی دے رہا تھا۔ کہ اچھا بڑا گھوڑا بھاری سی گاڑی کو کھینچے لا رہا ہے۔ گاڑی پر اتنا لمبا چوڑا انبار لدا تھا کہ سڑک نظر ہی نہ آتی تھی۔ گھوڑے کے ساتھ ساتھ

ایک شخص مزے لے لے کر گاتا ہُوا آرہا تھا۔

ذرا دیر میں گانا ختم ہوگیا۔ سڑک اوپر کو چڑھتی تھی۔ گھوڑے کے سُم پتھروں پر کھٹا کھٹ پڑکر ان سے رگڑ کھانے لگے۔ گاڑیبان چابک مار مار کر اور ہمت دلاکر گھوڑے کو بڑھنے کے لئے اُکسانے لگا۔

"چڑھا چل!۔۔۔ چڑھا چل!"

گھوڑے نے گردن آگے ڈال رکھی تھی۔ سر پیر کا زور لگا رہا تھا۔ دو تین دفعہ رُکا۔ قریب قریب گھٹنوں کے بل آرہا۔ پھر اُٹھ کھڑا ہُوا۔ اتنا زور لگایا۔ کہ سارا جسم عرق عرق ہوگیا۔ بے دم ہوکر رہ گیا۔ گاڑی تھم گئی۔

گاڑیبان نے ہاتھ دُھرے پر رکھ کر کندھا پہیے سے ملا لیا اور زور سے کہا۔

"چل چڑھا چل۔۔۔ چال!"

گھوڑے نے بہتیرا زور لگایا۔ گاڑی نہ ہلی۔

"چڑھ چل۔چڑھ . . . اوپر . . ."

جانور نے ٹانگیں کھول رکھی تھیں۔ نتھنے پھڑک رہے تھے۔ جما کھڑا تھا۔ بوجھ اس قدر لدا ہوا تھا۔ کہ ڈر تھا۔ کہیں کھینچ کر پیچھے ہی نہ لے جائے۔ اگلے سُم زمین پر جما رکھے تھے۔ اتنا زور لگایا تھا۔ کہ بدن کی بوٹی بوٹی پھڑک رہی تھی۔ گاڑیبان پہئے پر جُھکا ہوا تھا۔ نظر فقیر پر پڑ گئی۔ کہ خندق کے کنارے بیٹھا ہوا ہے۔ اسے آواز دی۔ "یار ذرا ہاتھ لگانا۔ جانور کسی طرح سرکتا ہی نہیں۔ آئیو تو ذرا ال کر زور لگا۔"

فقیر اُٹھ کھڑا ہوا۔ زور کہاں تھا؟ تاہم اپنی بساط کے موافق گاڑی کو دھکیلنا چاہا۔ اور گاڑیبان کے ساتھ مل کر کہنا شروع کیا:۔

"اُوپر! اوپر! . . ."

بے سود!

تھوڑی دیر میں خود فقیر بے دم ہو گیا۔ ادھر جانور پر بھی ترس آرہا تھا۔ بولا۔

"ذرا کی ذرا اسے دم لے لینے دو۔ اتنا بوجھ اٹھانے کی سکت اس میں نہیں ہے"۔

"نہیں بے یار۔ جی چراتا ہے۔ آج اس کی ہٹ پوری کر دی۔ تو پھر بوجھ لے کر یہ کبھی چڑھائی پر نہ چڑھا۔ چل اوپر اچال!۔۔۔ پہیئے تلے نیچے ایک پتھر پھنسا کر رکھ دو۔ سڑک پر ادھر ادھر موڑ کر چلالیں گے۔۔۔"

فقیر ایک بھاری سا پتھر اٹھا لایا۔

گاڑیبان نے کہا "اس طرح۔ لو اب میں تو پہیئے پر زور لگاتا ہوں۔ چابک تم سنبھال لو۔ یوں کرو کہ اس کا سر بائیں ہاتھ موڑ کر چابک زور زور سے ٹانگوں پر رسید کرو۔ ابھی ہوش ٹھکانے پر آ جائیں گے"۔

درد سے بے تاب ہو کر گھوڑے نے پورے زور سے آگے بڑھنا چاہا۔ سڑک کے پتھر اس کے پیروں میں کچلے گئے اور ان سے چنگاریاں نکل پڑیں۔

"یوں! اس طرح!"

گھوڑا سڑک پر ایک طرف مُڑ جانے کی کوشش کر رہا تھا۔ گاڑیباں جھک کر چاہتا تھا۔ کہ پتھر کو ٹھیک پہئے کے نیچے جما دے۔ کہ پاؤں رپٹ گیا گھوڑا پیچھے کو ہٹا۔ گاڑیبان چیخ مار کر گر پڑا۔

پیٹھ کے بل گرا تھا۔ درد و کرب نے چہرے کی کیفیت بدل ڈالی تھی۔ آنکھوں کے ڈھیلے اُبلے پڑ رہے تھے۔ دونوں کہنیاں زمین میں گاڑ رکھی تھیں اور مضبوط ہاتھوں سے پہئے کو تھامے ہوئے تھا۔ کہ کہیں سینے پر سے نہ گذر جائے۔

بے حد اذیت سے بیتاب ہو کر چلّایا۔ "آگے بڑھاؤ۔ آگے بڑھنا۔ پچلے دے رہا ہے۔۔۔"

دیکھے بغیر صرف بُوجھ کر کہ کیا ہو گیا ہے۔ فقیر نے چابک اور راس سے گھوڑے کو سنبھالنے کی کوشش کی۔ لیکن مجبور جانور گھٹنوں کے بل گر پڑا۔ زمین پر لوٹ گیا۔ گاڑی آگے کو اُلٹ گئی

ہم زمین پر آ پڑے۔ لالٹین اُلٹ کر بُجھ گئی۔ رات کے اندھیرے اور سناٹے میں یا گھوڑے کا تیز تیز سانس سنائی دے رہا تھا۔ یا ایک شخص کے کراہنے کی دبی ہوئی آواز تھی۔

"آگے چل... آگے چل..."

کسی طرح گھوڑے کو کھڑا کرنے میں کامیاب نہ ہوا۔ تو فقیر دوڑ کر گاڑیبان کے پاس آ گیا۔ اور اس کے چھڑانے کی کوشش کی۔ مگر پہیے نے اُسے بہت بُری طرح پھنسا رکھا تھا۔

گاڑیبان نے انتہائی کوشش سے پہیے کو اپنے جسم سے انچ دو انچ اوپر اٹھا رکھا تھا۔ ذرا کہیں پہیا ہاتھ سے نکل جاتا۔ ذرا طاقت جواب دے دیتی۔ تو کچلے جانے سے کام تمام تھا... اپنی حالت کو خود اچھی طرح سمجھتا تھا۔ فقیر کو اپنے اُوپر جھکا ہوا دیکھا۔ تو چلا کر کہا۔

"مجھے نہ چھونا! مجھے نہ چھونا... دوڑ کر

گاؤں کو جاؤ۔ ۔ ۔ جلدی۔ میرے ماں باپ کے گھر۔ ۔ ۔ نوشات کے گھر۔ ۔ ۔ دائیں ہاتھ جو مکان اور کھیت پہلے پڑتے ہیں۔ ۔ ۔ کہنا مدد لے کر آئیں۔ ۔ ۔ دس منٹ تک یوں ہی پڑا رہ سکوں گا۔ ۔ ۔ جلدی۔ ۔ ۔"

فقیر پورے زور سے چڑھائی پر بھاگا۔ ہوا کی طرح اُس گاؤں میں جا گھسا۔ جو سامنے نظر آرہا تھا۔ مکانوں کی کھڑکیاں بند تھیں۔ روشنیاں گُل ہو چکی تھیں۔ کہیں کوئی متنفس نظر نہ آتا تھا۔ گذرا تو کتے زور زور سے بھونکنے لگے۔ پر وہ نہ کچھ سن رہا تھا۔ نہ دیکھ رہا تھا۔ بس دماغ میں اس شخص کی ہیبت ناک تصویر جمی ہوئی تھی۔ جو پہاڑی کے نیچے پڑا تھا۔ اور اُس بھاری بوجھ کو سنبھالے ہوئے تھا۔ جو اُسے کچلنے کے لئے بڑھا آرہا تھا۔

آخر کار وہ تھم گیا۔ سامنے دور تک سڑک ہموار دکھائی دے رہی تھی۔ دائیں ہاتھ صحن کے

پیچھے ایک عمارت کھڑی تھی۔ کھڑکی میں سے تھوڑی تھوڑی روشنی باہر نکل رہی تھی۔ سمجھا یہی وہ گھر ہو گا۔ مٹھیوں سے دروازے کے پٹ پیٹنے لگا۔

ایک آواز آئی:۔

"تم ہو لُوّل؟"

دوڑنے کی وجہ سے دم پھول رہا تھا۔ آواز نکلتی نہ تھی۔ کہ جواب دیتا۔ کیا کرتا۔ دروازہ پیٹتا رہا۔ پلنگ کی چرخ چوں سے معلوم ہوا۔ کہ کوئی شخص اٹھا۔ پھر قدموں کی آواز آئی + کھڑکی کھلی۔ اس کی روشن چوکھٹے میں کسی نیند کے ماتے کا چہرہ نظر آیا۔

"تم ہو لُوّل؟"

سانس کچھ کچھ درست ہو چلا تھا۔ ہانپتے ہوئے کہا۔ "نہیں پر میں اس لئے آیا ہوں۔ کہ۔۔۔

زمیندار نے فقرہ ختم نہ کرنے دیا۔ بولا:

"غارت ہو کم بخت۔ آدھی رات میں لوگوں کو بے آرام کرتا پھر رہا ہے"۔

دن سے کھڑکی بند کر لی۔ اندر کسی سے کہا۔
"یوں ہی کوئی آوارہ گرد ہے۔ ۔ ۔ اُچکا، شُہدا۔ ۔ ۔"
زمیندار کی درشت اور کرخت آواز سے فقیر
کچھ کھویا سا گیا۔ اور گم سُم رہ گیا۔ سوچا۔
"جانے اِنہوں نے مجھے کیا بھکاری سمجھا؟
مَیں نے انہیں کچھ نقصان پہنچایا تھا؟ ۔ ۔ ۔ اتنا ہی
قصور ہوا نا۔ کہ کچی نیند سے جگا دیا؟ ۔ ۔ ۔ ہائے کم بختو
کاش تمہیں کچھ معلوم ہوتا!"
پھر آہستہ سے کواڑ کھٹکھٹائے۔
اندر سے آواز آئی:
"ابھی تک یہیں ہے؟ ۔ ۔ ۔ ذرا ٹھہر تو۔ تو اُٹھ
کھڑا ہوا۔ تو چھٹی کا دودھ یاد دلا دوں گا"۔
فقیر کا سانس اب سنبھل گیا تھا۔ کچھ ہمت بڑھی
بولا۔
"کھڑکی کھولو!"
"چلتا پھرتا نظر آ!"

"کھڑکی کھولو!"

اب کے کھڑکی کھلی۔ مگر ایسی یک لخت اور اس زور سے کہ کواڑ کی زد سے بچنے کے لئے فقیر کو جھٹ اُچک کر پرے ہٹ جانا پڑا۔ زمیندار بندوق ہاتھ میں لئے غصّہ سے بھرا کھڑا تھا۔

"کنگلے کان کھول کر سن لے۔ اسی وقت یہاں سے دُور نہ ہُوا۔ تو تولہ بھر سیسہ سینے کے پار کر دونگا"

اندر بستر پر پڑی پڑی کوئی عورت کہہ رہی تھی:۔

"اجی تم چلا بھی دو بندوق . . . سب کی دعائیں لو گے۔ کم بخت آوارہ گرد کہیں کے جو سوائے چوری کے کوئی ہنر جانتے ہوں . . . اور ایک چوری ہی کا کیا ذکر . . ."

بندوق کو سامنے دیکھ کر فقیر سہم گیا۔ اور پیچھے اندھیرے میں چلا آیا۔ کانپ اٹھا۔ ذرا سی دیر کو اس کم نصیب کا خیال بھی دل سے نکل گیا۔ جو

شاید عین اُسی وقت سڑک پر پڑا دم توڑ رہا تھا۔ پہلی مرتبہ اس کا دل نہایت تیز و تند غصے سے تڑپ اُٹھا اب تک اُسے کبھی معلوم نہ ہُوا تھا۔ کہ لوگ مجھ سے اتنے متنفر ہیں۔ اس قدر گریز کرتے ہیں۔

اور اگر تو فاقوں سے مر رہا ہوتا۔ تو نے ذرا سے ٹھکانے کی تلاش میں دروازہ کھٹکھٹایا ہوتا؟ تجھے اتنا بھی حق حاصل نہیں۔ کہ تو ڈھور ڈنگروں کے قریب پھونس کے ڈھیر کو بستر سمجھ سکے؟ کتوں کے ساتھ روٹی کا ایک ٹکڑا حلق سے اُتار سکے؟ ... امیر تیری جان لینے پر بھی تُل سکتے ہیں؟ پھر کیا ان چیتھڑوں میں جو جسم پوشیدہ ہے۔ وہ انسان تک کہلانے کا مستحق نہیں؟ ... غیظ و غضب کی ایک تیز لہر اُس کے تمام جسم میں دوڑ گئی۔

پہلے تو جی بے تاب ہو گیا۔ کہ لاٹھی اُٹھا کر کھڑکی پر دے مارے۔ پھر خیال آیا۔ میں نے دوبارہ کھٹکا کیا۔ تو وہ فیر کر دے گا۔ . . شور و غل مچاؤں تو

سارا گاؤں جاگ جائے گا۔ اور میں اپنا مطلب زبان پر بھی نہ لانے پاؤں گا۔ کہ لوگ مجھے مار مار کر ادھ مُوا کر دیں گے . . . کہیں اور جا کر مدد مانگی۔ تو وہاں بھی یہی صورت پیش آئے گی . . . "

تھوڑے سے پس و پیش کے بعد وہ نہایت تیزی سے واپس چل دیا۔ کہ بلا امداد اپنے ذرا سی دیر کے دوست کی جان بچائے۔ دیوانوں کی طرح چلا جا رہا تھا۔ یہ خوف اُڑائے لئے جاتا تھا۔ کہ نہ جانے اب تک پیچھے کیا ہو چکا ہو . . . وہاں پہنچ کر کیا کچھ دیکھنا پڑے۔

اِس دہشت نے اُس کی ٹانگوں کو جوانوں کی سی قوت بخش دی تھی۔ ذرا سی دیر میں اس جگہ کے قریب آ پہنچا۔ جہاں گاڑی تھم گئی تھی۔ چلّا کر کہا:۔

"دوست!"

کوئی آواز نہ سنائی دی۔ پھر چلّایا۔

"دوست!"

اس غضب کی تاریکی تھی۔ کہ گھوڑا تک نہ دکھائی دیتا تھا۔ لیکن ہلکی ہلکی سی ہنہناہٹ کی آواز سُن کر وہ آگے بڑھا۔ جانور اس سے چند قدم کے فاصلے پر ابھی تک کروٹ کے بل پڑا تھا۔ اور گاڑی آگے کو اُلٹی ہوئی تھی۔

"دوست! دوست!"

نیچے جُھک گیا۔ ذرا سی دیر بعد چاند بادلوں میں سے نکل آیا۔ دیکھا کہ گاڑیبان چت پڑا ہے۔ بازو یوں پھیلے ہوئے ہیں۔ کہ صلیب کی تصویر نظر آرہا ہے۔ آنکھیں بند ہیں۔ منہ سے خون جاری ہے۔ پہیا بوجھ کے مارے یوں سینے میں پیوست ہے۔ جیسے کسی نالی میں پھنس گیا ہو۔

غریب کی حالت تک مسخ ہو چکی تھی۔ اب یہاں کیا کرتا۔ ماں باپ کے خلاف غم و غصہ پہلے سے زیادہ تیزی و تندی کے ساتھ بھڑک اُٹھا۔ انتقام کی پیاس سے تمام بدن پھنکنے سا لگا۔ دوڑا ہوا گاؤں

میں واپس گیا۔ اب بندوق کا کچھ ڈر نہ تھا۔ دل میں کوئی جذبہ ہی نہ تھا۔ کواڑ کھٹکھٹا رہا تھا۔ اور دل پر فقط ایک وحشیانہ خوشی مسلط تھی۔

"تم ہو یوڑاں؟"

کچھ جواب نہ دیا۔ جب کنڈی کھلی۔ زمیندار کا چہرہ نظر آیا۔ اور پھر سوال سنائی دیا۔ تو وہ بولا۔

"نہیں۔ میں وہ کنگلا ہوں۔ جو تھوڑی دیر پیشتر تمہیں اطلاع دینے کو آیا تھا۔ کہ تمہارا بیٹا سڑک پر پڑا دم توڑ رہا ہے"۔

ماں اور باپ کی دہشت زدہ آوازیں سنائی دیں۔ "کیا کہا؟ . . . کیا کہا؟ . . . اندر آؤ . . . چلے آؤ۔ چلے آؤ!"

لیکن فقیر نے ٹوپ آنکھوں کے اوپر کھینچ لیا۔ اور یہ کہہ کر چل دیا:

"اب مجھے اور کام ہیں . . . اتنی جلدی کی کیا ضرورت ہے؟ وقت گذر چکا۔ جلدی سے اُس

وقت کام لینا تھا۔جب میں پہلی مرتبہ آیا تھا+اب تمام بوجھ اُس کی پسلیوں میں گر چکا ہے"۔

عورت سسکیاں بھرتی ہوئی بولی"۔پُول کے ابا۔جلدی کرو جلدی دوڑو!"

باپ نے جلدی جلدی کپڑے پہنے۔ساتھ ہی چلا کر پُوچھا"۔وہ کہاں ہے؟ . . . سننا . . . واپس آؤ . . . خدا کا واسطہ بتانا! . . ."

لیکن فقیر لاٹھی کندھے پر رکھے اندھیرے میں غائب ہو چکا تھا۔

کوڑی پر سے صرف ایک مُرغ کی اذان سنائی دی۔جو آوازیں سُن کر جاگ گیا تھا۔یا ایک کُتے کی بھوں بھواں جس نے اپنا سر اُٹھا کر اور چاند کو دیکھ کر بھونکنا شروع کر دیا تھا۔